HISTOIRE GÉNÉRALE

DE LA

POÉSIE

par l'Abbé V. HUGUENOT

3455

PARIS

CH. DELAGRAVE et Ce, ÉDITEURS

58, RUE DES ÉCOLES, 58

1874

HISTOIRE GÉNÉRALE

<blockquote>DE LA</blockquote>

POÉSIE

<blockquote><blockquote>3455</blockquote></blockquote>

HISTOIRE GÉNÉRALE

DE LA

 POÉSIE

par l'abbé V. HUGUENOT

BOURGES

IMPRIMERIE ET LITHOGRAPHIE DE A. JOLLET

2, RUE DES ARMURIERS, 2

—

1873

PRÉFACE

Il y a beaucoup d'histoires élémentaires de la littérature. Il n'en est point tombé sous nos yeux qui soit en correspondance avec la division ordinaire du cours d'humanités. On n'y sépare point la poésie de l'éloquence, ou on ne le fait que pour un peuple, pour une littérature, par âges et par périodes. Le professeur de seconde est obligé de démêler dans ces histoires plus ou moins claires et complètes ce qui regarde la poésie, le professeur de rhétorique ce qui a trait à l'éloquence.

Les élèves n'ont ni le temps ni le goût d'entreprendre un tel travail. Je l'ai entrepris pour les miens, et voilà pourquoi ce petit livre paraît aujourd'hui. Ce n'est qu'un canevas dont le développement faisait l'objet de mon cours. Je le crois en même temps assez concis et assez complet. La critique générale et les notices biographiques y sont fondues ensemble. J'ai suivi l'ordre chronologique, mais de manière à ne pas nuire à l'unité et à la suite de l'ouvrage.

Comme j'ai commencé par la poésie hébraïque, j'ai fini par quelques notions sur les poésies modernes. Bien que les nations étrangères n'aient trop souvent ni notre goût, ni nos mœurs, une saine critique peut reconnaître, au milieu des défauts qui choquent notre délicatesse, des qualités réelles, des beautés vraiment admirables. Le bon goût consiste à savoir choisir.

Dans toute cette histoire, j'ai dit peu de choses des auteurs de second ordre; je n'ai fait que nommer les auteurs d'un mérite contestable.

Mais j'ai cru devoir m'étendre sur les grands hommes qui ont illustré les lettres et auxquels la postérité a reconnu du génie ou des talents plus remarquables. Ce sont les seuls dont l'étude soit profitable pour des jeunes gens ; ce sont ceux pour lesquels la critique est plus sûre, ceux qu'il est plus facile au professeur de lire, de juger, de commenter devant ses élèves.

Ce plan nous a permis de rendre assez commode une lourde tâche, qui était de soumettre à un contrôle sérieux les jugements des rhéteurs.

Pour être, en effet, resserré dans les bornes d'un livre classique, cet ouvrage n'est point une compilation. J'en ai mené le plan comme je l'avais conçu. J'ai poussé le scrupule jusqu'à traduire moi-même presque toutes les citations des auteurs. Sans m'éloigner des opinions communes de la critique, je les ai soumises à un examen consciencieux. Il y a des choses qui ne s'inventent point : ce sont les faits et les dates. Beaucoup de poètes, du reste, ne sont connus que par ce qu'en ont dit les auteurs, et il faut bien alors s'en rapporter au témoignage d'autrui. Mais chaque fois qu'un poète de vrai renom s'est présenté à nous, nous l'avons lu, jugé nous-même, et, si quelquefois notre appréciation s'éloignait de l'opinion généralement reçue, nous n'avons pas craint d'exprimer notre sentiment. Il sera toujours loisible au professeur d'ajouter ses pensées aux nôtres, de réformer nos jugements par les siens. Professeur nous-même, nous nous sommes attaché à suivre les règles du goût classique, en scrutant tout à la lumière de la morale chrétienne.

Nous croyons que c'est le seul moyen de rendre une histoire sérieuse et profitable. Former les hommes en développant les caractères, tel est le but sans lequel toutes les études ne sont que des instruments d'erreur et de perversion.

HISTOIRE GÉNÉRALE

DE LA

POÉSIE

— ∞ —

PREMIÈRE PARTIE

— ∞ —

POÉSIE HÉBRAÏQUE

Origines. — La poésie, considérée comme une exaltation de l'âme, un sentiment vif et inspiré d'amour, d'adoration, remonte au berceau de l'humanité. « L'homme a d'abord chanté, dit Chateaubriand. » L'origine de la poésie proprement dite, ou de l'inspiration réglée par la mesure et le chant, n'est pas moins vénérable.

Chez les Hébreux, elle fut une des premières formes du langage public. Nous laissons, pour le prouver, la parole à Bossuet; nous ne pouvons commencer sous de meilleurs auspices :

« On a de grandes raisons, dit-il, de croire que
« dans la lignée où s'est conservée la connaissance
« de Dieu, on conservait aussi par écrit des mémoires
« des anciens temps.

« Car les hommes n'ont jamais été sans ce soin.

« Du moins, est-il assuré qu'il se faisait des cantiques
« que les pères apprenaient à leurs enfants ; cantiques
« qui, se chantant dans les fêtes et dans les assem-
« blées, y perpétuaient la mémoire des actions les
« plus éclatantes des siècles passés.

« De là est née la poésie, changée dans la suite en
« plusieurs formes, dont la plus ancienne se con-
« serve encore dans les odes et dans les cantiques,
« employés par tous les anciens, et encore à présent
« par les peuples qui n'ont pas l'usage des lettres, à
« louer la Divinité et les grands hommes.

« LES CANTIQUES. — Le style de ces cantiques, hardi,
« extraordinaire, naturel toutefois, en ce qu'il est
« propre à représenter la nature dans ses transports,
« qui marche pour cette raison par de vives et impé-
« tueuses saillies, affranchi des liaisons ordinaires
« que recherche le discours uni, renfermé d'ailleurs
« dans des cadences nombreuses qui en augmentent
« la force, surprend l'oreille, saisit l'imagination,
« émeut le cœur, et s'imprime plus aisément dans la
« mémoire.

« MOÏSE (1571-1451 av. J.-C., d'après la Vulgate.) —
« Parmi tous les peuples du monde, celui où de tels
« cantiques ont été le plus en usage, a été le peuple de
« Dieu, Moïse en marque un grand nombre qu'il
« désigne par les premiers vers, parce que le peuple
« savait le reste.

« Lui-même en a fait deux de cette nature. Le
« premier nous met devant les yeux le passage de la
« mer Rouge, et les ennemis du peuple de Dieu, les
« uns déjà noyés, et les autres à demi vaincus par la

« terreur. Par le second, Moïse confond l'ingratitude
« du peuple en célébrant les bontés et les merveilles
« de Dieu (1).... »

Moïse le composa avant de mourir.

Ce grand homme « parle en maître ; on remarque
« dans ses écrits un caractère tout particulier, et je
« ne sais quoi d'original qu'on ne trouve en nul autre
« écrit. Il a dans sa simplicité un sublime si majes-
« tueux, que rien ne le peut égaler ; et si, en enten-
« dant les autres prophètes, on croit entendre des
« hommes inspirés de Dieu, c'est, pour ainsi dire,
« Dieu même en personne qu'on croit entendre dans
« la voix et dans les écrits de Moïse (2). »

Job (1700-1500) (?). — Bossuet semble partager
l'opinion de ceux qui regardent Moïse comme l'auteur du livre de Job. La vérité est qu'on ignore abso-
lument qui le composa. Peut-être fut-il écrit avant le
Pentateuque ; peut-être ne le fut-il que dans la suite ;
mais il est d'une époque fort reculée.

« La sublimité des pensées et la majesté du style
rendent cette histoire digne de Moïse (3). »

Par la date, le livre de Job est le plus ancien des
poèmes ; c'est le plus nouveau par le fond et par la
forme. Il célèbre ce drame perpétuel de l'homme aux
prises avec la fortune, terrassé par elle, en proie au
plus violent désespoir, et ne trouvant à qui se fier, à
quoi se rattacher, s'il ne cherche le secours au-delà
de ce monde.

C'est l'histoire du Saint homme Job : Il est juste

---

(1) Bossuet, *Discours sur l'Histoire Universelle.*
(2) Id., *ibid.*
(3) Id., *ibid.*

et récompensé de sa justice par d'immenses richesses.

Defié par Jéhovah de troubler la sainteté de son âme, Satan demande et obtient la permission de l'exercer par toutes sortes de maux. Job est privé de ses biens, de ses enfants, dépouillé de tout sur la terre : sa patience demeure inébranlable. Mais une affreuse maladie le dévore, il est raillé par sa femme, calomnié par ses amis qui le réprimandent, et cherchent à lui dévoiler ses torts prétendus ; il est alors agité par une horrible tentation de désespoir et de blasphème. Dieu vient à son secours, l'instruit lui-même, fortifie sa confiance ; et la tentation est repoussée, Satan honteusement vaincu.

Voilà en quelques mots la donnée du poëme auquel, on le voit, un certain merveilleux n'est pas étranger. On ne peut cependant le ranger parmi les épopées. S'il était permis de comparer les choses sacrées aux profanes, on dirait qu'il se rapproche plutôt de ces poëmes modernes, où la personnalité de l'auteur domine, et qui plaisent tant, depuis que Byron et ses imitateurs les ont mis à la mode.

Mais, tandis que dans ces derniers les inégalités de la poésie fatiguent, la perversité du héros dégoûte, ou rabaisse l'âme vers la terre, tout est grand, noble, élevé, divin dans le poème biblique. C'est l'homme tel qu'il est, avec ses luttes, ses misères, ses défaillances ; et voilà pourquoi Job n'a pas vieilli. Mais c'est l'homme croyant, vertueux, assisté par Dieu qu'il implore, ne tombant que par faiblesse et se relevant toujours à l'aide d'une force surnaturelle ; et voilà pourquoi le livre de Job est au-dessus de tous les livres pour la grandeur des idées, la continuelle sublimité de la philosophie, la sainte pureté de la doctrine.

Que dire maintenant de la magnificence de ce style oriental, de la pompe des tableaux, de l'enthousiasme, du lyrisme qui animent et vivifient le drame? Tel est l'arôme de cette plante du désert, tel est le charme de ces images fortes, saisissantes, énergiques, peintes à grands traits, que l'âme étonnée ne sait plus si elle est à l'homme dont les plaintes frappent ses oreilles, ou à Jéhovah dont elle entrevoit la majesté, dont elle croit entendre le solennel langage.

Ce livre a été un objet d'étude et d'admiration pour nos plus illustres contemporains. Il convient assez à des temps comme le nôtre, où le doute mine les âmes, tandis que les révolutions politiques font changer à toute heure la face de la fortune.

Le livre de Job a été traduit, commenté par les poètes et les littérateurs profanes autant que par les écrivains sacrés. Un de ses passages les plus connus et les plus admirés a été imité par bon nombre d'auteurs en plusieurs langues. C'est la fameuse prosopopée du cheval. L'auteur de Job est resté sans rivaux ; c'est tout dire à sa gloire. Qui ne sait par cœur ces strophes divinement inspirées :

« Donneras-tu la valeur au cheval, à sa voix la
« force du tonnerre? Le feras-tu bondir comme les
« sauterelles? De ses naseaux il souffle la terreur. Il
« creuse du pied la plaine. Il jouit fièrement de son
« courage. Il s'élance au-devant des bataillons. Il se
« rira de la crainte et ne sera pas ébranlé. Il ne re-
« culera pas devant les pointes de fer (1). Sur lui

___

(1) Job, c. xxxix (v. 19 à 26). Il est impossible de rendre l'éner-gique et entraînante concision de l'hébreu. Voici le texte de la Vul-gate qui est encore la meilleure traduction de nos livres sacrés, mal-gré son latin souvent barbare :

« retentira le son du carquois, de la lance et des
« flèches. Il s'impatiente, il frémit, il dévore la terre
« au bruit joyeux de la trompette. Quand elle ré-
« sonne, il dit : vah !... il flaire de loin la bataille,
« les excitations des chefs et les clameurs de la
« mêlée . . . . »

Telle est cette prosopopée célèbre auprès de laquelle pâlissent les beaux vers de Virgile :

> Tum si qua sonum procul arma dedere,
> Stare loco nescit; micat auribus, et tremit artus,
> Collectumque fremens volvit sub naribus ignem (1).

Le livre de Job est le grand poëme de la Bible.

DE LA POÉSIE DES LIVRES HISTORIQUES. — Quelques-
uns se plaisent à ranger le Pentateuque parmi les
épopées; on y trouve en effet le mouvement, la simplicité majestueuse des événements extraordinaires,
et un merveilleux autrement sublime que celui de
l'Iliade et de l'Odyssée.

Mais les cinq livres de Moïse sont avant tout une
histoire; on pourrait l'oublier si l'on s'attachait trop
aux beautés de la poésie.

> Numquid præbebis equo fortitudinem, aut circumdabis collo
> ejus hinnitum?
> Numquid suscitabis eum quasi locustas ? Gloria narium ejus
> terror.
> Terram ungulà fodit, exulat audacter : in occursum pergit
> armatis.
> Contemnit pavorem, nec cedit gladio. Super ipsum sonabit
> pharetra, vibrabit hasta et clypeus.
> Fervens et fremens sorbet terram, nec reputat tubæ sonare
> clangorem.
> Ubi audierit buccinam, dicit : vah !... procul adoratur bellum,
> exhortationem ducum, et ululatum exercitus.

. . . .

(1) Géorgiques.

On peut dire la même chose de la charmante pastorale de Ruth. Ce trait d'histoire connu de tout le monde se passait sous les Juges.

En dehors de quelques cantiques, dont le plus magnifique est celui de Débora victorieuse des armées du roi de Chanaan, c'est à peu près le seul morceau poétique qui nous reste de cette époque.

La véritable poésie des Hébreux, celle qu'on pourrait appeler leur poésie classique, naît sous leurs rois avec le chef de la grande famille d'où devait sortir le Messie.

La forme de cette poésie fut la forme lyrique. Les Hébreux ne connurent point le drame ; nous ne voyons le dialogue employé sensiblement que dans le *cantique des cantiques* du roi Salomon.

Presque toute cette poésie fut prophétique. Elle se montre d'abord pleine d'enthousiasme, de pompe et de majesté dans les psaumes de David et de ses imitateurs ; puis plus douce, plus sereine et plus calme dans les livres sapientiaux. Enfin dans les prophètes proprement dits, il n'y eut plus une strophe des ces odes grandioses et entraînantes qui ne fût un rayon perçant sur l'avenir.

DAVID, LES PSAUMES. (1085-1015 *av. J.-C.*) — Comme Moïse avait été historien et législateur, David est tout à la fois poète et roi. Aucune vie ne fut plus troublée que la sienne. De berger devenu prince du sang royal par son union avec la fille de Saül, consacré avant son règne par l'onction du dernier des Juges, Samuel; il est en butte à la jalousie de son beau-père, et poursuivi comme un brigand jusqu'après la mort de ce prince. Lorsqu'il est élevé sur

le trône, il se montre grand capitaine et grand politique ; mais, malgré la gloire de ses conquêtes et la
sainteté de sa vie, son royaume est déchiré par la
guerre civile, et il voit Absalon son fils se révolter
contre lui ; son âme se souille d'un crime abomina-
ble, et Dieu le châtie dans son peuple que dévaste
une peste épouvantable.

C'est au milieu de tous ces événements de sa vie
privée ou publique, qu'il compose ces hymnes magnifiques auxquels on a donné le nom de Psaumes.

On y trouve en même temps que l'histoire de la religion et les préceptes de la morale, un ensemble admirable de doctrines sur Dieu, ses attributs, la création de l'univers et de l'homme, l'incarnation du
Verbe elle-même.

On peut distinguer chez les Hébreux deux sortes
de poésie : la poésie parabolique et la poésie psalmodique.

L'essence de la première consiste dans la symétrie
des membres qui se correspondent et forment le pa-
rallélisme. Elle était destinée surtout à l'enseigne-
ment.

La poésie psalmodique était accompangée de chants
et même de danses : aussi est-il probable qu'au pa-
rallélisme qu'on y retrouve, devait se joindre une
espèce de rhythme. Jusqu'ici on n'a pu en découvrir
la nature.

C'est aussi une question débattue de savoir si tous
les psaumes sont de David ou de plusieurs auteurs.
L'opinion la plus commune aujourd'hui est que, si la
plupart doivent être attribués à David, quelques-uns
ne sauraient être regardés comme son œuvre : non-
seulement à cause des titres qui les mettent sous le

nom d'Asa, d'Ethan, d'Héman, des enfants de Corée et même de Moïse ; mais à cause des circonstances historiques dont ils témoignent, du style et de la langue dans lesquels ils sont écrits, et qui paraissent démontrer une époque différente.

Quoi qu'il en soit, le recueil s'appelle le psautier de David. Nul homme n'a excellé comme le roi prophète dans la poésie lyrique. Il laisse de bien loin derrière lui l'enthousiasme futile de Pindare. Ses psaumes ont été écrits comme ils ont été sentis ; ses poésies sont l'âme de l'homme lui-même, avec ses luttes, ses souffrances, ses devoirs, ses vertus et son Dieu planant sur tout pour le soutenir dans l'épreuve, le diriger dans les conseils, l'exalter dans les combats, et le relever à l'heure du découragement.

C'est la vie de David écrite par lui-même dans les strophes les plus inspirées qu'il a été donné à l'homme de composer, et, comme ce roi a éprouvé tout ce que les hommes les plus grands ou les plus malheureux éprouvent dans les difficultés de cette vie, la poésie de David a eu cette singulière fortune d'être et de demeurer partout la poésie de l'humanité elle-même.

Où trouver une vie plus variée et plus accidentée que la sienne ; une poésie qui en rende les fluctuations et les catastrophes diverses par des accents plus pénétrants et plus intimes ?

Un jour, c'est un ami qu'il perd, et il jette aux collines de Judée, cette élégie déchirante :

« ...... N'allez pas l'annoncer dans Geth ; ne le publiez pas sur les places d'Ascalon, de peur que les filles des Philistins ne s'en réjouissent, de peur que les filles des incirconcis ne tressaillent de joie. (1)

« Montagnes de Gelboé, qu'il n'y ait jamais ni pluie ni rosée sur vous...... parceque là a été jeté le bouclier des héros, le bouclier de Saül, comme si Saül n'eût point reçu l'onction de l'huile.

« Jamais l'arc de Jonathas ne manqua son but, il s'enivrait du sang des morts et de la graisse des vaillants ; jamais l'épée de Saül ne sortit en vain.

« Saül et Jonathas, aimables pendant la vie, n'ont point été séparés dans la mort ; eux plus rapides que les aigles et plus forts que les lions.

« Filles d'Israël, pleurez sur Saül! Il vous ornait de pourpre au milieu des délices, il parait d'or vos vêtements. — Comment sont tombés les héros au milieu du combat? Comment Jonathas a-t-il été tué sur les hauteurs d'Israël — Je pleure sur toi mon frère Jonathas. Tu étais ma joie (1). »

Une autre fois il a reçu une faveur de Jéhovah : il est pénétré de sa bonté, transporté d'admiration à la vue de sa puissance... Il prend sa lyre, il en touche de ses doigts, et son royal palais entend ces harmonies enivrantes de grandeur.

« Je vous aimerai, ô Jéhovah ! qui êtes ma force! Jéhovah est mon roi, mon boulevard, mon sauveur. Mon dieu est mon fort, je mettrai en lui mon espérance....

« Dans mon angoisse j'invoquerai Jéhovah : je crierai vers mon Dieu, il entendra ma voix de son temple ; nos cris devant sa face frapperont ses oreilles.

« Et la terre s'est ébranlée, elle a tremblé ; et les fondements des montagnes se sont émus, ils ont été remués, parce qu'il s'est indigné contre eux. Une fu-

(1) 2. Reg. I. 1-16.

mée a monté de sa face irritée, un feu dévorant a jailli de sa bouche, des charbons en ont été allumés. Il a abaissé les cieux, et il est descendu : un nuage sombre était sous ses pieds. Il a monté sur les chérubins et a pris son vol ; il a pris son vol sur les ailes des vents. Il a fait sa retraite des ténèbres ; son pavillon l'entoure, ce sont les ténèbres des eaux dans les nuées de l'air. A l'éclair de sa présence, les nuées ont passé en grêle et en charbons de feu. Du haut des cieux a tonné Jéhovah. Le Très-Haut a fait entendre sa voix, la grêle et les charbons de feu. Il a lancé ses flèches, et il les a dissipés ; il a multiplié ses foudres, et il les a bouleversés..........................

« Vive Jéhovah ! Béni soit celui qui est mon roc ! qu'il soit le Dieu de mon salut ! c'est le Dieu qui a mis les vengeances dans ma main, et les peuples à mes pieds (1)».

Quelle profondeur! quel éclat! quelle magnificence! David va ainsi de sa vie privée à sa vie publique, de la paix à la guerre, de ses espérances à ses déceptions ; et parlant toujours de lui-même, il parle toujours de tout le monde.

« C'est le roi des lyriques ! s'écrie Lamartine, jamais la fibre humaine n'a résonné d'accords si intimes, si pénétrants et si graves ! Jamais la pensée du poète ne s'est adressée si haut et n'a crié si juste...... Lisez de l'Horace ou du Pindare après un Psaume ! Pour moi, je ne le peux plus. »

Depuis Marot jusqu'à nos jours, les traducteurs ont abondé pour essayer de faire passer dans notre langue métrique l'enthousiasme débordant du chantre de

(1) Ps. 17.

Sion ; ils ont tous échoué misérablement. Les imitateurs ont été plus heureux. Les mélodieuses paraphrases de Racine sont connues. On ne connaît pas moins celles de J.-B. Rousseau, de Lefranc de Pompignan, duquel est ce beau vers :

« L'enthousiasme habite aux rives du Jourdain. »

Lamartine lui-même, dont nous venons de citer les paroles, a puisé largement dans les œuvres du poète à qui il paye un si juste tribut d'admiration. Il a trouvé sans doute, dans cette fréquentation, ce lyrisme qui le distingue tant de ses contemporains.

David expirant remit à Salomon, son fils, l'héritage de sa lyre comme celui de son trône.

SALOMON. (1033-975 *av. J.-C.*) — Monté sur le trône à l'âge de dix-huit ans, l'an du monde 2989, (1015 avant J.-C.) — Salomon, selon les saintes Écritures, écrivit trois mille paraboles et de nombreux cantiques. Il avait composé des traités sur toutes les plantes, sur tous les animaux ; et il paraît que la science était florissante de son temps.

De tous ces ouvrages il nous en reste au moins trois : Le *Cantique des Cantiques*, le livre des *Proverbes* et l'*Ecclesiaste*. Le *Cantique des Cantiques* est une gracieuse élégie, un touchant épithalame dont l'objet mystique et spirituel est l'union du Christ avec son Eglise. L'*Ecclesiaste* et les *Proverbes* sont des recueils de préceptes moraux présentés sous forme de sentences ou de paraboles.

Le style en est moins élevé, moins splendide et plus calme que celui des Psaumes. On sent qu'un règne de paix succède à un règne de guerres, de conquêtes et de gloire. Mais Salomon avait passé par toutes les situations de l'homme vertueux et de l'homme criminel. On reconnaît dans ses sentences qu'il avait appris la vie autant par sa propre expérience que par la doctrine des sages. Son poëme du *Cantique des Cantiques* est un de ceux qui réfléchissent le mieux la nature de la Judée ; il est embaumé des parfums de l'Orient. Comme les psaumes de son père, ses œuvres ont souvent un caractère prophétique. Mais la prophétie n'est pas ce qui domine dans ces admirables poëmes des rois de Juda.

Il n'en est pas de même pour les auteurs sacrés qui ont gardé le nom de prophètes.

Des prophètes. — C'étaient des espèces de religieux vivant le plus souvent en communauté, séparés du monde. Ils instruisaient ceux qui venaient les trouver, reprochaient les péchés, exhortaient à la pénitence. Plusieurs payèrent leur zèle de leur vie. Quelques-uns furent véritablement inspirés de Dieu qui leur dévoilait l'avenir pour convertir son peuple ou l'éclairer sur ses destinées futures. Beaucoup aussi cherchaient à captiver la faveur des Juifs, en simulant l'inspiration. C'étaient les faux prophètes.

Parmi les véritables hommes de Dieu, plusieurs laissèrent des prophéties écrites qui sont venues jusqu'à nous. On les divise en grands et en petits prophètes, selon l'importance de leurs ouvrages et de leurs prédictions.

On compte quatre grands prophètes :

Isaïe (*VIIIe siècle av. J.-C.*) — Le premier en date comme en génie est Isaïe, fils d'Amos, homme de

1*

race royale, et qui fut scié sous le règne de Manassès, à cause de l'énergie de ses reproches et de la profondeur des maux qu'il annonçait aux Juifs avec une entière liberté. Il avait commencé à prophétiser sous le règne d'Osias.

Rien n'égale l'ironie puissante, la magnificence, l'ardeur véhémente de son langage, la sublimité de ses pensées, la grandeur de ses conceptions. Il est le plus lyrique des prophètes parce qu'il est le plus inspiré. Son style se ressent de l'éclat de sa naissance ; il a conservé de son rang la noblesse, la majesté, non sans un mélange heureux de grâce et d'élégance.

JÉRÉMIE (*VIIe siècle*). Jérémie, qui vint un peu plus tard, et qui fut témoin de la chute de Jérusalem, dont il chanta les malheurs sur les ruines mêmes de la cité détruite, embrasse dans ses prophéties des horizons moins étendus, mêle moins ses tableaux de contrastes, procède avec moins d'enthousiasme et d'écarts. « Il part souvent, dit Mgr Plantier, d'un récit modeste, d'un fait de néant, si je puis ainsi parler, pour s'élever ensuite aux mélodies les plus brillantes, aux considérations les plus solennelles. » (1) Son style est surtout remarquable par le coloris, par la peinture des mœurs et des usages du peuple israélite.

« La renommée de ses *Lamentations* est depuis longtemps populaire, remarque l'auteur que nous venons de citer : et s'il est une chose généralement convenue dans le monde littéraire, c'est qu'elles dominent sans rivales toutes les autres poésies consacrées par le regret à gémir sur un revers. »

(1) Etudes bibliques.

BARUCH (*VIᵉ siècle.*) — Pendant que Jérémie pleurait les malheurs de sa patrie, Baruch son disciple et son ami portait une lettre de sa part à Jéchonias et aux Juifs captifs à Babylone pour les fortifier et leur donner l'espoir. Il revint avec la réponse de ces infortunés. C'est à peu près tout l'objet de son livre. On y voit facilement qu'il fut docile aux leçons du maître comme il fut fidèle à sa fortune. Aussi, malgré la disproportion de leurs œuvres, l'histoire ne les sépare jamais.

EZÉCHIEL (*VIᵉ siècle.*) — Ezéchiel est moins connu. Il descend moins à la portée du vulgaire. Ses poésies roulent sur le même sujet que celle des autres prophètes. Il célèbre les bienfaits de Dieu, flagelle les crimes et l'ingratitude de Jérusalem, lui annonce ses malheurs avec ceux des autres peuples. Sa manière est le merveilleux. Il est moins simple que Jérémie, moins lyrique que le fils d'Amos. Il fait un fréquent usage des apparitions. Il en a de terribles, entre lesquelles on remarque celle où sont réunis dans une vaste plaine les ossements d'une multitude d'hommes qui se dressent et revivent à sa voix. C'est un poète sombre et lugubre.

Il y a dans ses prophéties comme dans celles de Daniel quelque chose de dramatique. Comme lui aussi, il use de l'allégorie. Tous les deux subirent la captivité. Ezéchiel fut emmené dans la Babylonie avec le roi Joachim. On croit qu'il était prêtre.

DANIEL (*Vᵉ siècle*). — Quant à Daniel, personne n'ignore son histoire, et le rôle qu'il remplit successivement à la cour des rois de Babylone et à celle des rois de Perse, après la conquête de cette ville par Cyrus.

Ses prophéties se ressentent de sa position ; le plus souvent il les mêle à un récit, parfois tragique, toujours attachant ; elles sont remarquables par leur clarté et l'étonnante sûreté des détails dans lesquels il entre.

Les plus célèbres de ses prédictions sont celles où il parle des quatre grands empires qui devront se remettre tour à tour le sceptre du monde, et où il annonce année pour année la venue du Messie libérateur ; mais son morceau le plus émouvant et le plus saisissant, c'est le récit de la chute de Babylone :

« Le roi Balthazar fit un grand festin à ses mille princes, et chacun buvait et lui avec eux. Etant donc ivre, il commanda qu'on apportât les vases d'or et d'argent que son père Nabuchodonosor avait emportés du temple de Jérusalem, afin que le roi bût dedans avec ses princes, ses femmes et ses concubines.

» On apporta donc les vases d'or et d'argent qui avaient été transportés du Temple, de la maison de Dieu, à Jérusalem, et le roi but dedans avec ses princes, ses femmes et ses concubines. Et en buvant, ils louaient leurs dieux d'or, d'argent, d'airain, de fer, de bois et de pierre.

» Au même moment sortirent les doigts d'une main d'homme, qui écrivaient vis-à-vis du candélabre, sur le crépi de la muraille de la salle du roi ; et le roi aperçut les articulations de la main qui écrivait. Alors le visage du roi changea, et ses pensées l'épouvantaient, troublaient son esprit, en sorte que ses reins se relâchèrent et que ses genoux heurtaient l'un contre l'autre. Le roi cria donc tout haut pour qu'on amenât les sages, les Chaldéens et les devins. Et le roi fit dire aux sages de Babylone : Quiconque lira cette écriture et me l'interprétera sera vêtu de pourpre, aura un collier d'or au cou, et sera le troisième dans mon royaume. Alors entrèrent tous les sages du roi; mais ils ne purent ni lire cette écriture, ni lui en donner l'interprétation....

» On fut obligé de mander Daniel lui-même, et voici comment il expliqua l'écriture miraculeuse : *Manè, Thecel, Pharès,* est ce qui a été écrit. Or, en voici l'interprétation : *Manè,* Dieu a compté votre règne et il l'a terminé; *Thecel,* vous avez été pesé dans la balance et trouvé trop léger; *Pharès,* votre royaume a été divisé, et il a été donné aux Mèdes et aux Perses....

« Cette nuit-là même, Balthasar, roi des Chaldéens, fut tué (1). »

Daniel ferme la liste des grands prophètes. Les douze petits ne nous ont laissé que quelques pages; mais s'ils sont moins merveilleux et moins magnifiques que les premiers, ils n'en méritent pas moins nos respects et notre admiration. Comme eux, ils furent inspirés par l'esprit de Dieu, et ils dominent par leurs pensées toutes les pensées des hommes. On sait généralement peu de chose de leur vie.

Osée (*VIII* siècle av. J.-C.) — Osée qui se présente tout d'abord prophétisa sous le règne de quatre rois de Juda; il semble que ce fut au milieu des tribus d'Israël; car il s'acharne surtout contre l'idolâtrie, et il le fait avec une concision, une rapidité extrêmes. Son style est fortement coloré; les images le rendent parfois obscur.

(1) Daniel, 5.

JOEL (*VIIe siècle av. J.-C.*). — Joël est plus sobre dans l'emploi des figures dont il use pourtant avec une grande abondance. Il était fils de Phatuel, et ne s'adresse qu'aux habitants du royaume de Juda. Il leur prédit la peste, la famine la dévastation de leur territoire, et enfin, la venue d'un libérateur.

AMOS (*VIIIe siècle av. J.-C.*) — Amos nous ouvre des horizons plus étendus. Il ne prononce pas seulement l'anathème contre Juda ou Israël, il annonce l'anéantissement de Damas, de Gaza, de Tyr, de Moab, des Ammonites, de la terre d'Israël elle-même. Proscrit de ce dernier royaume où il était pasteur en même temps que prophète, il se réfugia à Thécué, à quelque distance de Jérusalem qu'il n'épargne point dans ses malédictions. Il nous a appris lui-même son origine, sa vocation.

Voici le commencement de ses prophéties : « *Verba Amos qui fuit in pastoribus de Thecue : quœ vidit super Israel in diebus Oziœ regis Judœ, et in diebus Jeroboam filii Joas regis Israel ante duos annos terrœ motus.* »

Aussi avec les images de la vie champêtre a-t-il souvent l'incorrection et la rudesse d'un homme inculte. C'est du moins le reproche qu'on lui fait généralement.

ABDIAS (?) — On n'en peut dire autant d'Abdias, que quelques-uns ont osé mettre en parallèle avec Jérémie, bien qu'il ne nous ait laissé que quelques pages. C'est assez faire son éloge. On ne sait pas un mot de sa vie.

JONAS (*VIIIe siècle*). — Celle de Jonas a été l'objet

de tous les commentaires et de toutes les critiques, à cause de son étrangeté prodigieuse.

Dieu l'envoyait prêcher à Ninive. Effrayé sans doute de la mission, Jonas s'embarqua à Joppé, pour se diriger d'un côté tout opposé à Ninive, vers Tarse, en Cilicie. Cependant une tempête agite les flots et le vaisseau est en péril. Les matelots tirent au sort pour savoir qui d'entre les passagers ou les rameurs est la cause de l'orage. Le sort tombe sur Jonas. Il est aussitôt précipité à la mer où un poisson colossal l'engloutit, et le dépose trois jours après, non loin de Ninive. Là, revenu de sa faiblesse, il fit entendre aux habitants les exhortations et les menaces du Seigneur. La population se convertit à ses discours et fit pénitence de ses péchés.

Quelle que soit la manière dont on explique ce fait miraculeux, il est lui-même une prophétie qui nous figure le séjour de J.-C. dans le tombeau et sa résurrection glorieuse. C'est à peu près la seule du livre de Jonas, qui se termine par l'hymne que chantait en son cœur le prophète, lorsqu'il était enseveli dans le monstre marin.

Ni ceux qui font de ce livre une parabole, ni ceux qui le regardent comme le récit d'un événement réel rapporté par Jonas lui-même ne peuvent déterminer sûrement l'époque à laquelle il fut écrit.

Michée (*VIIIe siècle*) — L'écriture sainte est plus explicite pour Michée qui est le sixième des douze petits prophètes dans les exemplaires hébreux et dans ceux de la Vulgate.

L'inscription de sa prophétie nous apprend que Michée était de Moraschthé, au midi de Jérusalem, dans la terre de Juda. Il exerça sa mission sainte sous les règnes de Joathan, d'Achaz et d'Ezéchias, quelque temps après Amos et Osée qui vivaient sous le règne d'Osias. Jérusalem et Samarie sont le principal objet de ses prophéties. Cette dernière fut prise par Salmanasar en la sixième année du roi Ezéchias. Michée ne se borne point à annoncer les malheurs d'Israël et de Juda ; il annonce la libération, il porte ses vues jusqu'au Messie.

Son style est bref, concis, obscur comme celui d'Osée, animé par une chaleur et une force qui lui donnent souvent de la dureté. On ignore le temps et le genre de sa mort.

NAHUM (*VIII*e *siècle av. J.-C.*) — On est encore moins heureux pour Nahum. Il est impossible de fixer le lieu de sa naissance, comme l'époque où il exerça son saint ministère. Ce fut assurément avant la destruction de Ninive : car les trois chapitres de son livre sont consacrés à la prédiction des malheurs qui menacent cette ville puissante.

HABACUC (*VI*e *siècle av. J.-C.*) — C'est la ruine de Babylone après le châtiment de la Judée que prédit plus tard le prophète Habacuc. Lors de l'invasion de son pays par les armées de Nabuchodonosor, il s'était retiré en Arabie ; il revint en Judée quand l'étranger s'en fut éloigné, après avoir tout ravagé. Il y menait un vie champêtre, et portait un jour le dîner à des moissonneurs, lorsqu'il fut saisi par les cheveux et transporté à travers les airs jusqu'à Babylone, où il soulagea Daniel renfermé dans la fosse aux lions. Il fut ramené de la même manière au lieu d'où il était parti, et mourut deux ans avant

la captivité de Babylone. Il avait annoncé les victoires, la métamorphose et la mort de Nabuchodonosor.

SOPHONIE (*VIIe siècle*). — Comme lui Sophonie est
le prophète des vengeances. Il fait entendre les menaces divines contre Juda et Jérusalem ; contre les
Philistins, les Moabites, les Ammonites, les Ethio-
piens et les Assyriens ; mais il termine en découvrant
la délivrance et le rétablissement de la maison de
Juda. Son style est simple, moins élégant et moins
sublime que celui d'Habacuc ; il a beaucoup de mots
et de locutions qu'on rencontre dans Jérémie : il
n'est pas sans ressemblance avec Ézéchiel. Il vivait
sous le règne de Josias.

C'est le dernier des prophètes qui n'ont point vu
le second temple. « Du temps qu'il se bâtissait, dit
Bossuet, Dieu suscita les prophètes Aggée et Zacharie, et incontinent après il envoya Malachie qui devait fermer les prophéties de l'ancien peuple.

ZACHARIE (*VIe siècle*). — « Que n'a pas vu Zacharie?
On dirait que le livre des décrets divins ait été ouvert à ce prophète, et qu'il y ait lu toute l'histoire du
peuple de Dieu depuis la captivité.

AGGÉE (*fin du VIe siècle*). — Aggée dit moins de
choses, mais ce qu'il dit est surprenant. Il publie la
gloire du second temple et le préfère au premier. Il
explique d'où viendra la gloire de cette nouvelle maison : c'est que le Désiré des Gentils arrivera ; ce Messie promis depuis deux mille ans, et dès l'origine du

monde, comme le sauveur des Gentils, paraîtra dans ce nouveau temple. » (1)

MALACHIE (*fin du V*e *siècle av. J.-C.*). — Malgré ces promesses, les Juifs souillent le temple à peine élevé, par des hosties impures. Malachie s'élève pour les en reprendre, il annonce encore l'approche du Rédempteur; il montre dans le lointain son précurseur; et après lui finit la longue suite des prophètes. Avec eux cesse en même temps l'histoire de la poésie hébraïque.

Elle est digne de servir d'introduction à l'histoire de la poésie classique. Si les Grecs et les Romains ont mis dans leurs vers plus d'art et plus d'harmonie, si les premiers surtout ont atteint la perfection de la forme, s'ils ont inventé des genres divers, des mélodies variées; jamais leur inspiration ne fut aussi élevée que celle des divins chantres du Cédron, du Térébinthe et de Jérusalem; jamais leur lyre n'a rendu des sons aussi vibrants, aussi sublimes; et si l'on compare la profondeur de la pensée ou la sûreté de la doctrine, il y a entre les uns et les autres toute la différence qui existe entre les interprètes de la vérité et les oracles du mensonge.

(1) Bossuet, disc. sur l'*Hist. universelle.*

DEUXIÈME PARTIE

POÉSIE GRECQUE

I. AGE DE FORMATION

Homère (*environ 900 ans av. J.-C.*) — Les Grecs ont été les maîtres des peuples dans tous les arts. Ils ont excellé dans tous, et le plus ancien de leurs poètes dont les ouvrages soient venus jusqu'à nous, est, selon l'expression d'André Chénier :

« Jeune encore de gloire et d'immortalité. »

Sans rival dans les temps anciens comme dans les temps modernes, ce grand poète, dont on ignore la vie, la naissance et la mort, et dont quelques-uns ont voulu contester l'existence, quand ils ne pouvaient nier la vérité de ses ouvrages et la nécessité d'un auteur unique pour une œuvre d'un tout si complet et d'une perfection si soutenue ; ce poète inimitable nous a laissé deux épopées magnifiques où nous trouvons un abrégé de l'antique civilisation du vieux monde.

Il est constant que les poëmes attribués à Homère furent chantés longtemps par des rhapsodes qui en récitaient des parties plus ou moins étendues. Pisistrate fit réunir ces fragments épars, apportés, dit-on, en Grèce, par Lycurgue. Le texte, remanié plusieurs fois depuis cette époque, paraît avoir été fixé complétement par l'école d'Alexandrie, où le critique Aristarque divisa en vingt-quatre chants chacun des deux grands poëmes d'Homère.

Ces épopées ont pour sujet, l'une, le courroux d'Achille au siége de Troie et les maux qui en résultèrent pour l'armée des Grecs : c'est l'*Iliade*; l'autre, les longues traverses qu'eut à essuyer Ulysse, pour revenir à l'île d'Ithaque, sa patrie; elle a reçu de son héros le nom d'*Odyssée*.

Une noble simplicité, des images pleines de grandeur et de magnificence, une invention merveilleuse, une action vive et pleine d'intérêt, le dessin net et arrêté des caractères, un style harmonieux et presque toujours sublime font de ces poëmes les chefs-d'œuvre de la littérature païenne.

Homère excita l'admiration de ses concitoyens en même temps qu'il leur inspira l'amour des arts et de la poésie. Nul ne fut plus imité; aucun ne fournit plus de sujets aux artistes en tous genres.

Lui-même n'avait pas complétement inventé tout le fond de ses poëmes. Il avait recueilli les traditions des guerriers embellies toujours par l'imagination populaire; il avait entendu les chants et les récits des vieux aèdes sur les mêmes sujets, et il avait profité de leurs inspirations pour compléter leur œuvre.

DE LA POÉSIE AVANT HOMÈRE. — Homère n'est pas, en effet, le plus ancien poëte de la Grèce. Avant lui il existait de nombreuses écoles de poëtes qui racontaient et glorifiaient les exploits des héros, célébraient la grandeur des dieux et chantaient la louange de la religion.

La plupart naissent dans le nord de la Grèce, dans
la Thessalie et la Thrace. Ils chantent d'abord des
hymnes sacrés, constituent la société en adoucissant
les mœurs et en réunissant les hommes sous le joug
des mêmes croyances et des mêmes lois. C'est l'époque où se forment les mythes, où se multiplient les
êtres fabuleux et divins. Alors fleurissent Linus,
Eumolpe, Orphée qu'on regarde comme le fondateur
de la religion des Grecs, et son disciple Musée.

Ils étaient à la fois poëtes, ministres et législateurs.
On remarque ce fait à la naissance de toutes les civilisations : Les poëtes ont été les premiers Apôtres de
l'humanité : La poésie naquit toujours avant la prose ;
et ses premiers chants furent des cris d'admiration,
des élans d'enthousiasme, à la vue des merveilles de
la création.

DE LA POÉSIE AUX TEMPS D'HOMÈRE. — Il ne reste
plus rien de ces hymnes non plus que des poëtes qui
plus tard chantèrent les exploits des héros.

Ces nouveaux aèdes s'accompagnaient de la lyre et
répétaient de ville en ville les poëmes qu'ils avaient
composés Lorsque leurs disciples n'eurent plus assez
de génie ou assez de persévérance pour composer
eux-mêmes, ils se contentèrent de réciter les œuvres
de leurs maîtres. Leur mémoire ne contenait pas toujours les ouvrages dans leur entier; ils retenaient
alors un chant, un épisode : et c'est ainsi qu'ils nous
ont transmis les épopées d'Homère.

HÉSIODE (IXe siècle av. J.-C.?) — Quelque temps
après le prince de la poésie, vivait dans le bourg
d'Ascrée, en Béotie, un autre poëte dont la renommée
put un instant balancer la sienne. Rien de plus dif-

férent pourtant que leurs œuvres. Homère avait célébré les combats, l'antagonisme des dieux et des hommes ; Hésiode le plus souvent nous donne en vers des préceptes et des enseignements. C'est le père de la poésie didactique. Trois de ses ouvrages nous sont restés. Ils portent pour titres : Les *Travaux et les Jours,* la *Théogonie* et le *Bouclier d'Hercule.*

Les *Travaux et les Jours* renferment des préceptes d'agriculture et des leçons de morale. On y lit aussi, pour la première fois chez les écrivains grecs, un petit apologue, celui de l'*Epervier et du Rossignol :*

« Ainsi parlait l'Epervier au Rossignol à la voix harmonieuse, qu'il avait pris et emportait dans ses serres au plus haut des nues ; celui-ci gémissait déchiré par les serres recourbées : « Insensé, pourquoi cries-tu, lui dit durement l'Epervier ; un plus « puissant que toi te possède ; tu vas où je te mène, « bien que tu sois un chanteur mélodieux, je t'immolerai pour mon repas ou je te lâcherai selon « qu'il me plaira.

« Insensé celui qui veut lutter contre les puis- « sants. Toujours vaincu, il souffre à la fois la dou- « leur et la honte. » Ainsi parla l'épervier rapide aux larges ailes. (1)

La *Théogonie,* comme son nom l'indique, est une longue nomenclature de divinités, terminée par le récit de la guerre des Dieux et des Titans. C'est aussi un combat qui est décrit dans le *Bouclier d'Hercule.*

Ce dernier ouvrage n'est qu'un fragment. Hésiode s'y élève à la hauteur de l'épopée. Dans les autres passages il est doux, facile, harmonieux, mais s'élève

_____

(1) Hésiode, les *Travaux et les jours* (201 à 210).

rarement, comme le remarque Quintilien (1), et se montre quelquefois aride et fatigant.

Ainsi qu'Homère, il eut de nombreux imitateurs qui restèrent également inconnus.

CARACTÈRE DE LA POÉSIE APRÈS HOMÈRE ET HÉSIODE. — Après ces deux grands hommes, la poésie des Grecs subit un temps d'arrêt. Pendant ce temps une grande révolution s'opérait dans l'Etat. Au gouvernement des prêtres, premiers civilisateurs et premiers poètes, avait succédé une espèce de féodalité où nous voyons de petits rois prendre en main toute l'autorité. Ce sont les héros d'Homère. Bientôt diverses causes excitèrent l'esprit d'indépendance. Aux petites royautés succédèrent les petites républiques. Ce fut la liberté qui désormais devait enflammer les courages et inspirer la poésie. Elle inspira d'abord les chants de l'enthousiasme ou du plaisir, l'ode et l'élégie ; car, par *élégie*, les Grecs entendaient toute poésie où paraissait l'*élégos* ou pentamètre dont Horace déclare ignorer l'inventeur.

C'est alors que commence la période vraiment historique de la littérature.

POÉSIE ÉLÉGIAQUE ET SATIRIQUE

Alors sont inventés de nouveaux vers et de nouveaux genres. Malheureusement nous ne possédons que de courts fragments des poètes qui préparèrent les deux grands siècles de la littérature grecque.

CALLINUS (*vers* 700 *av. J.-C.*) — Ainsi nous n'avons qu'une vingtaine de vers de Callinus qui passe pour le plus ancien auteur d'élégies. Il était d'Ephèse, co-

---

(1) *Rarò assurgit Hesiodus (Inst. orat.* 1. XC, 1).

Ionie Ionienne d'Asie. Il est à remarquer que les villes Grecques de l'Asie-Mineure avaient une civilisation plus avancée que celle du continent Européen. Elles le devaient assurément à leur commerce continuel avec l'empire des Perses. Le morceau de Callinus passé à la postérité est un éloge du courage guerrier.

TYRTÉE (*VIIe siècle*). — Tyrtée, d'Athènes, usa du même mètre pour exalter aussi le courage, et enflammer le cœur des Lacédémoniens. Nous pouvons admirer dans trois de ses élégies, une âme vraiment noble et guerrière.

« Il est beau, s'écrie-t-il dans l'une d'elles, il est beau pour un brave, de tomber aux premiers rangs et de mourir pour sa patrie (1).

» Le fugitif sera un objet d'exécration pour ceux à qui il demandera asile, dans sa détresse et sa honteuse pauvreté.

» Il déshonore sa famille, il dégrade son visage, il se couvre d'opprobre, il est esclave des vices.

» Plus de gloire pour lui, plus de respect désormais à son nom. Combattons donc vaillamment pour ce pays, mourons pour nos enfants. Ne craignez plus la mort, jeunes gens, serrez vos rangs, et combattez de pied ferme. »

La poésie lyrique ne conserva pas longtemps cette dignité mâle et austère.

ARCHILOQUE (*VIIe siècle*). — Archiloque, né à Paros, vers l'an 700, après avoir inventé ou perfectionné le

---

(1) Le *dulce et decorum est pro patriâ mori*, d'Horace, est une bien froide et trop élégante traduction de cette noble pensée.

vers iambique, s'en fit une arme avec laquelle il déversa le fiel le plus amer sur ses amis comme sur ses ennemis. Banni de sa patrie, il obtint d'y rentrer, et mérita d'y périr par le fer de ceux qu'il outrageait encore. Les anciens le plaçaient à côté d'Homère et de Pindare.

ALCÉE (*VIIe siècle av. J.-C.*). — Il a pour rival ou imitateur dans la poésie lyrique et satirique Alcée de Mitylène. L'un et l'autre ont souillé leur génie par la licence de leurs œuvres.

ALCMAN (*VIIe siècle*). — ARION-SAPHO (*VIe siècle*). — MIMMERNE (*VIe siècle*). — Ils étaient, en cela, imités par Alcman, poète né à Sardes, en Lydie, puis citoyen de Sparte, qui fut l'inventeur de la poésie érotique ; par Arion de Méthymne, son disciple, et enfin par la célèbre Sapho. C'est à cette école des poètes érotiques que se rattache encore Mimmerne, né, croit-on généralement, à Colophon.

Ces poètes satiriques ou voluptueux n'ont pas toujours observé les règles du bon goût dans leurs vers. Les mots grossiers s'y rencontrent. Ils sont le cortége obligé de l'injure. Les insulteurs sont de même plus braves en paroles qu'en actions. Archiloque et Alcée abandonnèrent leur bouclier sur le champ de bataille ; Sapho n'eut pas le courage de survivre à un mépris : elle se précipita du promontoire de Leucade dans la mer.

Cependant si nous en croyons les critiques grecs ils s'élevèrent souvent sur les sommets de l'art, et préparèrent véritablement l'âge d'or de la poésie.

II. AGE D'OR

DE LA POÉSIE GRECQUE

(594-336 av. J.-C.)

GENRES DIVERS

Solon (640-559). — Cet âge s'ouvre avec Solon, le législateur d'Athènes. L'art a progressé, les genres se sont déterminés peu à peu ; il touchent à leur apogée.

C'est l'époque de la plus grande gloire de la Grèce. Elle s'est couverte de petites républiques : elle a eu ses législateurs : elle voit à la tête de ses armées des généraux comme Miltiade, Thémistocle, Alcibiade, Agésilas ; elle a repoussé l'invasion des Perses ; et tour-à-tour Athènes, Sparte et Thèbes se disputent la prééminence, développent une puissance que l'art et le génie rendent à la fin formidable à l'immense empire constitué par Cyrus,

Athènes n'eut pas de rivale dans les lettres et dans les arts. Elle fournit à la Grèce presque tous ses poètes et ses orateurs, et le nombre en fut si grand, la gloire si magnifique sous le gouvernement de Périclès que cet homme illustre domina de son nom les deux siècles littéraires par excellence. C'est la pensée lyrique et dramatique qui brille surtout à cette époque.

Poésie gnomique. — Cependant on vit sortir des sentences mêlées au tissu des poëmes épiques, une nouvelle sorte de poésie qui n'était à proprement par-

ler que de la science morale ou métaphysique ensei-
gnée dans le langage mesuré.

Les premiers philosophes empruntèrent d'abord la
lyre des poètes pour mieux répandre leur doctrine.
C'est ainsi que Solon réduisit en vers ses sentences
sur la politique et la morale.

On appelle cette sorte de poésie, *Gnomique*, du mot
γνώμη, qui signifie sentence.

Théognis et Phocylide. — Il ne nous reste que
des fragments de Solon, ainsi que de Théognis de
Mégare et de Phocylide de Milet, qui traitèrent ce
genre après lui.

Xénophane (*VIᵉ siècle*). — Xénophane de Colophon,
fondateur de l'école philosophique d'Elée, ne fut pas
plus heureux. En essayant d'expliquer l'origine du
monde, la nature des choses, il était tombé dans un
panthéisme vague et avait écrit son système en
vers.

Parménide (*Vᵉ siècle*). — Son disciple Parménide fit
comme son maître. Il suivit les même errements,
mais son intelligence était plus vive et son imagination savait embellir ses erreurs.

Empédocle (*Vᵉ siècle*). — Un autre philosophe plus
illustre qu'eux, Empédocle d'Agrigente, écrivit un
poëme sur la nature, περι φυσεως, que Lucrèce a vanté,
et dont il imita les principaux passages.

Pythagore (*VIᵉ siècle*) — Il était disciple du fameux
Pythagore à qui l'on attribue ce qu'on appelle les
vers dorés. Ce recueil paraît plutôt être l'œuvre de

ses disciples, mais Pythagore est demeuré célèbre par son système philosophique et le mouvement qu'il imprima à la science.

Il avait, dit-on, réuni ses disciples à Crotone, dans la Grande-Grèce ; et là, ils vivaient dans une espèce de communauté dont il avait tracé les règles, et où il donnait lui-même l'exemple d'une vie sage et vertueuse.

La vérité philosophique en se développant sentit bientôt le besoin d'un instrument plus souple et plus précis pour se faire entendre à tous les hommes.

DE L'APOLOGUE. — Elle ne parut plus guère dans les vers, si ce n'est sous la forme de l'apologue. Encore ce genre commença-t-il modestement à parler le langage vulgaire

Les poètes anciens avaient mêlé déjà l'apologue à leurs chants. Hésiode nous présente la première fable grecque. On en met deux sous le nom d'Archiloque, et Stésichore passe pour avoir composé la fable du *Cheval et du Cerf*, imitée à de longs siècles de distance par Horace et par La Fontaine.

ESOPE (*VIe siècle*). — Mais le fabuliste par excellence et par nature, Esope, esclave Samien, n'écrivit pas en vers ; peut-être ne composa-t-il pas ses apologues dans la langue à laquelle nous les empruntons.

Il est vraisemblable que la tradition seule les transmit à la postérité, qui les transforma, les dénatura souvent, en attribuant à Esope toutes les fables répandues parmi le peuple. Démétrius de Phalère en fit une première collection ; celles qui sont venues jusqu'à nous sont encore admirées pour leur esprit et leur tour agréable.

Si Esope mérite d'être le symbole vivant de l'apologue, il ne fut pas le seul à cultiver ce genre. Nous avons vu que les poètes lyriques ne dédaignaient pas d'en faire usage, et nous avons nommé Stésichore.

POÉSIE LYRIQUE

Stésichore (*du VIe au VIIe siècle*). — Ce poète naquit vers l'an 630, à Himère, en Sicile, selon l'opinion la plus commune. Son abondance était remarquable ; elle fut même excessive, si nous en croyons Quintilien, et elle l'empêcha seule d'être aussi grand qu'Homère. Au rapport de Suidas, il avait composé vingt-six livres de poésies lyriques ou épiques. Nous n'en avons plus que de rares fragments.

Anacréon (*VIe siècle*). — Vers le temps où ce poète disparaissait de la scène, Téos, petite ville d'Ionie, donnait le jour à un homme qui s'illustra également par les œuvres de la lyre, et que nul ne surpassa jamais pour la grâce, la finesse des pensées, la délicatesse et le mignon du style. Nous voulons parler d'Anacréon. Il se distingua surtout dans le genre qui, de son nom, s'appelle Anacréontique, et qui a besoin de toute la réputation littéraire de son inventeur pour être regardé patiemment par des hommes de bien. C'est la poésie du plaisir et de la débauche. Il y a pourtant des perles au milieu de ces souillures.

La critique la plus sévère n'est-elle pas désarmée devant cette ode à la cigale ?

« Heureuse es-tu, petite cigale ! Sur la cîme des » arbres tu bois la gouttelette de rosée, et tu chantes » comme un roi ! Tout t'appartient, ce que montrent

» les champs, ce que portent les forêts. Tu es l'amie
» des laboureurs, toi qui ne nuis à personne ; tu es
» honorée des hommes, toi qui leur annonces joyeu-
» sement les beaux jours.

» Aimée des muses, tu l'es d'Apollon lui-même,
» car il t'a donné la voix harmonieuse. Sur toi ne
» peut rien la vieillesse. Sage, fille de la terre, amou-
» reuse de musique, exempte de peines, de chair et
» de sang ; encore un peu, tu es semblable aux
» Dieux. (1)

Quelle douceur, quelle délicatesse et quel fini du
vers dans la langue de l'auteur !

Anacréon mêle à ses chansons tant de grâce, que
le charme de l'expression fait oublier souvent la
licence de la pensée ; mais, malgré son esprit et son
enjouement, malgré l'innocence candide de quelques-
uns de ses hymnes, cette sorte de poésie n'en doit pas
moins être flétrie à cause de ses dangers et de sa
nature énervante et molle.

Anacréon fut étranglé, dit-on, par un pépin de
raisin, à l'âge de quatre-vingt-cinq ans. Il serait
mort ainsi sacrifié à Bacchus.

SIMONIDE (558-448 *av. J.-C.*) — Son épitaphe fut
faite par Simonide, poète de son temps qui ne lui
ressemblait guère, si l'on en juge par ses élégies.
Elles se distinguent, en effet, par leur caractère de
mélancolie et de tristesse.

Les plaintes de Danaé en sont une preuve bien frap-
pante. Cette mère tendre qui lutte avec son fils contre les flots, qui endure mille morts dans son cœur,
nous sait encore arracher des larmes.

Né à Céos, une des Cyclades, non loin de l'Attique,

Simonide vécut jusqu'à l'âge de quatre-vingt-dix ans
et mourut vers 448 avant J.-C.

Quintilien lui reproche de la maigreur dans son
style. Mais toute l'antiquité s'accorde à le louer pour
son harmonie, sa douceur et la profondeur de ses pensées. Il était philosophe et savant en même temps
que poète ; et, si le christianisme a confondu sa sagesse comme celle de tous les païens, nous n'en devons pas moins admirer avec l'art de sa composition
la tendresse et la douceur de ses sentiments.

Comment oublier d'ailleurs celui qui fut le maître
de Pindare?

PINDARE (*Thèbes* 520-446). — A ce nom, il semble
que le démon de l'enthousiasme agite les âmes. Pindare est resté comme l'idéal du poète lyrique. La sublimité de ses élans, la magnificence de ses images
étaient extraordinaires.

Pindare a été célébré aussi souvent qu'il a chanté
les héros et les dieux. Qui ne connaît les vers d'Horace et ceux de nos poètes français ?

Le poète latin déclare son illustre devancier inimitable :

> *Pindarum quisquis studet œmulari,*
> *Jule, ceratis ope dœdaleâ*
> *Nititus pennis, vitreo daturus*
> *Nomina ponto.*

Quintilien le range au-dessus de tous pour l'abondance et la force des pensées, l'impétuosité des mou-
vements et la vivacité de l'inspiration. La plus gran-
e partie des œuvres de Pindare n'existe plus. Il
ous reste cependant de lui de nombreux chants di-

visés assez arbitrairement par un grammairien de
de Syracuse en *chants olympiques, victoires pythiques,
victoires néméennes, victoires isthmiques.*

Nous ne pouvons pas toujours suivre le poète
dans ses allusions à des divinités, à des fables héroïques ou religieuses que nous connaissons à peine.
Les chants qui nous restent de Pindare ne paraissent
pas être les plus beaux.

Ce sont des éloges de vainqueurs dans les jeux de
la Grèce. Mais le poète, qui vivait à une époque où
l'indifférence religieuse ne glaçait pas les cœurs, relève ses sujets par de fréquentes digressions, dans le
domaine de la religion et de la légende héroïque.

On peut reprocher à Pindare, comme à Simonide,
son avarice et son orgueil; mais quand on oublie
l'homme privé pour ne songer qu'au poète, on ne peut
s'empêcher de partager l'enthousiasme de l'antiquité
et de le proclamer le prince des poètes lyriques.

ASCLÉPIADE, PHALÉGUS, GLYCON. — Comme il fut le
plus grand il fut presque le dernier digne de fixer
notre attention. Nous ne citons que pour mémoire:
Asclépiade, Phalégus et Glycon qui donnèrent leur
nom à de nouvelles espèces de vers, mais qui n'en
sont pas mieux connus.

ERINNE, CORINNE, LASUS, etc. — On ne saurait oublier cependant Erinne de Téos, jeune femme de l'é-
cole de Sapho qui mourut à 20 ans, illustrée par un
poème sur le *fuseau;* Corinne de Thèbes qui vainquit
cinq fois, dans les combats poétiques, Pindare faisant
ses premiers essais; Lasus d'Hermione, maître du
poète Thébain; Télésille d'Argos; Praxille de Si-

cyone, et beaucoup d'autres dont le temps n'a respecté que le nom.

Ibycus (*VIIe siècle*). — Ibycus de Rhegium, dans la
Grande-Grèce, est cependant plus connu à cause de
la fameuse légende que l'on racontait à son propos
dans la ville de Corinthe. Les grues d'Ibycus sont
encore célèbres de nos jours. Schiller a composé sur
ce thème une ballade justement admirée.

Bacchylide. — Peut-être faut-il nommer en finis-
sant, à cause de son oncle Simonide, Bacchylide de
Céos, qui vécut quelque temps comme lui à la cour
d'Hiéron, tyran de Syracuse, et qui ne manquait ni
de facilité ni d'élégance.

Mais déjà la poésie lyrique est en pleine décadence.
Il semble qu'elle doit s'éteindre après Pindare ; car
elle s'est réfugiée sur la scène, dans les chœurs
d'Eschyle, son contemporain, et dans ceux de Sophocle et d'Euripide.

THÉATRE GREC

I. Tragédie. — Ces grands hommes amenèrent à
sa perfection l'art dramatique qui venait à peine d'apparaître. Cet art dénotait une civilisation plus avancée, une plus grande connaissance de la vie, que l'on
voulait voir représenter dans des fictions, pour en
fixer l'image dans les esprits.

Il naquit pourtant d'un usage grossier, d'une solennité presque sauvage. Aux fêtes de Bacchus, on
avait coutume de danser, en accompagnant la danse
d'un dithyrambe composé en l'honneur du dieu. On
coupa ensuite le chant par des récits où l'on racon-

2

tait les exploits de Bacchus. Peu à peu le récit s'étendit à d'autres sujets. Le rôle de l'acteur se bornait souvent à lancer de grossières plaisanteries pour amuser les spectateurs. C'était un repos qu'on appela d'abord ἐπεισόδιον, parce qu'il coupait le chant; puis action, δρᾶμα, et enfin *tragédie*, parce qu'on institua un concours pour les auteurs de ces sortes de pièces, et qu'on donnait un bouc au vainqueur (τράγος ᾠδία); selon d'autres, parce qu'on immolait un bouc sur l'autel de Bacchus.

THESPIS (*VIᵉ siècle*). — Dans l'origine, le chœur était presque toute la pièce. Thespis le premier chercha à ennoblir la scène en donnant à l'acteur un rôle capable d'exciter la terreur et la pitié, et non la joie bouffonne. Solon interdit son théâtre. A l'avénement des Pisistratides, le peuple réclama ses spectacles, et ils lui furent rendus.

PHRYNICUS et CHŒRILUS (*VIᵉ et Vᵉ siècles*). — Phrynicus et Chœrilus continuèrent son œuvre. Celui-ci fut le premier qui écrivit ses pièces. Il en fit un grand nombre, inventa un vers qui porte son nom; mais le théâtre n'en resta pas moins dans la plus grande confusion.

ESCHYLE fils d'EUPHORION (525-456). — Il appartenait à Eschyle, né à Eleusis (525-456), de débrouiller ce chaos, et de créer la tragédie. Il était frère de Cynégire, si renommé pour sa bravoure dans la guerre contre les Perses. Il fut blessé lui-même à Marathon. Il avait alors plus de trente ans, et sa réputation comme tragique était déjà grande. Il réforma complètement le théâtre grec, le rendit permanent, introduisit un nouvel acteur, de telle sorte que l'action remplaça le chœur en grande partie. Il fut inventeur du dialogue. « Ce fut lui, dit Le Batteux, qui donna à la tragédie les robes traînantes, le masque, le cothurne, qui fit mettre des scènes peintes au lieu des branches chargées de leur feuillage employées jusqu'alors. Il accourcit les chœurs qui avant lui tenaient beaucoup de place et releva l'élocution des héros. Mais, en évitant la trop grande simplicité, il se jeta dans l'autre excès, et donna à la poésie un air gigantesque, des traits durs, une démarche fougueuse dont il est toujours resté des traits dans les chœurs. » (1)

L'exagération est en effet le grand défaut d'Eschyle. Elle paraît dans son style, rempli de métaphores singulières et de tours pompeux, comme dans l'invention des caractères et des mœurs qu'il donne à ses héros. Mais il n'en a pas moins créé la tragédie, et dès le principe il a donné des chefs-d'œuvre. On doit lui tenir compte aussi de n'avoir cherché à inspirer dans ses pièces que les nobles passions et les sentiments virils. La tragédie grecque était un acte religieux; il la considéra ainsi. Nourri comme il l'était de la lecture des épopées antiques, il développa dans ses héros la passion de la gloire et les vertus guerrières. Le premier il comprit que le principal ressort de l'action tragique consistait à exciter la pitié et la terreur de ceux qui en suivaient la trame. La fatalité des anciens qui leur tenait lieu de notre Providence lui servit admirablement à obtenir ce résultat. Et même, comme elle était une exagération de l'action divine sur les actions des hommes, il dé-

(1) Le Batteux. — *Éléments de littérature.*

passa le but. La pitié se change parfois en horreur, l'épouvante en convulsions, à la lecture de ces pièces où l'énergie et la vigueur dégénèrent souvent en férocité et en barbarie. Eschyle fut obligé pour répondre au besoin des rôles nouveaux d'imaginer ou du moins perfectionner le machinisme théâtral. Il atteignit du coup jusqu'aux extravagances de nos contemporains. On voyait sur la scène sortir les ombres du tombeau, apparaître les Furies du Tartare avec les serpents roulés dans leur chevelure.

Eschyle ne connut donc pas tous les secrets de l'art; mais il révéla un génie profond, une facilité prodigieuse. Il composa quatre-vingts ou cent tragédies ; nous n'en avons plus que sept : *Prométhée enchaîné, les sept chefs devant Thèbes, Agamemnon, les Choéphores, les Euménides, les Suppliantes ou les Danaïdes*. Pour comprendre la composition de ces pièces, il faut savoir qu'Eschyle introduisit au théâtre l'usage, suivi quelquefois par Euripide et Sophocle, d'unir trois tragédies distinctes par un lien moral commun, et d'ajouter à ce tout une quatrième pièce qui n'était qu'un drame satyrique : c'est-à-dire un drame où dominaient les bouffonneries plus ou moins comiques d'acteurs déguisés en satyres. On appelait *trilogie* l'ensemble des trois tragédies, et *tétralogie* les quatre parties réunies.

Ainsi *Agamemnon*, les *Choéphores*, les *Euménides*, sont une trilogie qui formaient avec le drame satyrique de *Protée*, aujourd'hui perdu, une tétralogie complète. C'est d'abord l'ambition homicide d'Agamemnon, punie à son retour de Troie, par le crime de Clytemnestre, son épouse, qui le massacre avec le secours d'Egyste : dans les *Choéphores*, les enfants vengent leur père, en punissant les meurtriers; et Oreste lui-même est poursuivi par les Euménides infernales jusqu'à ce que Minerve l'ait acquitté.

C'est donc le crime, la vengeance et l'expiation, trois actions tout-à-fait séparées et complètes par elles-même, unies cependant par le lien que forme une même famille et par la justice persévérante de la fatalité.

Il paraît que l'effet des Euménides fut si grand que les magistrats en interdirent la représentation, et que le poète fut obligé de la modifier.

Le *Prométhée enchaîné* fait allusion à la tradition antique qui racontait la chute primitive de l'homme ainsi que son châtiment.

Les *sept chefs contre Thèbes* sont un tableau qui nous représente les fureurs des sept frères ennemis combattant devant Thèbes. Ce sujet a tenté la muse naissante de Jean Racine. Dans la tragédie *des Perses*, la scène se passe à Suze, dans le palais du grand roi. Elle nous peint la consternation des Perses et chante la gloire des Grecs. C'est une des plus belle pièces d'Eschyle. *Les Suppliantes* sont peut-être sa plus faible. Les filles de Danaüs y demandent protection aux Argiens contre Egyptus, frère de leur père et contre ses fils qu'elles ne voulaient pas épouser.

Cette tragédie est d'une simplicité extraordinaire. On n'y voit ni nœud, ni ce que nous appelons un dénoûment. C'est d'ailleurs la marche ordinaire d'Eschyle. Son théâtre n'est pas encore formé, il est plein d'irrégularités, et ne se soutient que par la force du génie.

Aristophane dans sa comédie des *Grenouilles* prête à ce poète un langage qui fera son éternel honneur

« C'est d'après Homère, dit-il, que j'ai représenté les exploits des Patrocle et des Teucer au cœur de lion, pour inspirer à tous les citoyens le désir d'être rivaux de ces grands hommes, quand retentira le son de la trompette guerrière. Mais je n'ai point mis en scène des Phèdres impudiques ou des Sthénobées; je ne crois pas même avoir représenté la passion d'une femme (1). »

Malheureusement sa vie privée ne fut point aussi exempte de reproches que son théâtre. On l'accuse de s'être adonné à l'ivrognerie, et d'avoir poussé la jalousie pour Sophocle, jusqu'à détester sa patrie et à s'éloigner d'elle. Il se retira en effet à la cour d'Hiéron, où il mourut à l'âge de soixante-neuf ans (456) écrasé, disait-on, par la chute d'une tortue qu'un aigle laissa tomber sur sa tête chauve.

SOPHOCLE (478-406). — Il laissa ainsi libre la carrière à son jeune rival. Sophocle était né au bourg de Colone, près d'Athènes, d'une famille riche et considérée selon les uns, d'un forgeron selon d'autres. Il était doué de tous les avantages du corps et de l'esprit, à une époque où les charmes du corps n'étaient pas moins prisés que les qualités morales, et où sa patrie dans toute sa gloire applaudissait les tragédies d'Eschyle, et n'était pas loin d'entendre celles de son doux Euripide. Il naquit vingt-sept ans après le premier, dix-sept ans avant le second. Eschyle s'était illustré par sa bravoure à la bataille de Marathon; Sophocle devait remplir les fonctions de général dans sa vieillesse, en même temps que Périclès et Thucydide. Il fut poète avant tout, et amena la tra-

(1) Aristophane. — *les Grenouilles* (v. 1057 et suivants).

gédie à sa perfection. « Il commença à en donner, dit
Schlégel, à l'âge de vingt-cinq ans ; vingt fois il obtint la palme ; souvent il occupa la seconde place, jamais il ne descendit à la troisième. Des succès toujours croissants signalèrent ses pas dans cette carrière, qu'il poursuivit au-delà de sa quatre-vingtiè-
me année ; peut-être même quelques-uns de ses
chefs-d'œuvre datent-ils de ses derniers temps. On
rapporte qu'un de ses enfants, ou que ses enfants
d'un premier lit, l'accusèrent d'être tombé en enfance
et de n'être plus en état d'administrer son bien, parce
qu'il leur préférait un fils d'une seconde femme. Pour
toute réponse, il lut à ses juges son *OEdipe à Colone*,
qu'il venait d'achever, ou seulement, suivant d'autres auteurs, le chœur magnifique de cette pièce, où
il célèbre Colone, sa patrie. Le tribunal se sépara,
frappé d'admiration, et Sophocle fut reconduit chez
lui en triomphe (1). »

Sophocle sut se tenir éloigné des exagérations
d'Eschyle et du gigantesque de son allure. Il ne descendit point jusqu'à représenter l'homme avec toutes
ses bassesses ; il le représente, selon sa propre parole,
tel qu'il devrait être et non tel qu'il est. Mais il se
garda bien tout en donnant à ses héros de la force et
de la grandeur, de les élever comme Eschyle jusqu'à
l'invraisemblable. Il conserva le luxe des décorations
sur la scène, mais il en chassa les monstres mythologiques et les tableaux horribles et disproportion-
nés. Son style se ressentit de cette mesure et de cette
élévation en toutes choses; il fut toujours si noble, si
grave, si majestueux et en même temps remarquable

(1) Schlegel, *Cours de littérature dramatique.*

par tant de richesse et d'harmonie que Sophocle fut surnommé *l'Abeille attique* par ses compatriotes. Des cent vingt ou cent trente pièces qui lui sont attribuées, la postérité n'en a pu recueillir que sept: *Ajax furieux, Electre, OEdipe roi, Antigone, les Trachiniennes, Philoctète* et *OEdipe à Colone.*

L'*Ajax furieux,* un des premiers ouvrages de Sophocle, nous peint le désespoir d'Ajax, qui n'a pu obtenir les armes d'Achille. Cette pièce se termine aux funérailles du héros. Elle ne manque pas de beautés bien que l'on s'aperçoive encore de la jeunesse de l'auteur. Les *Trachiniennes,* dont le but principal est d'exposer la mort d'Hercule, tirent leur nom du chœur composé de jeunes Trachiniennes. La scène se passe à Trachine, en Thessalie. Le *Philoctète* est connu par les passages que lui a empruntés Fénélon, et dont il a formé un des plus beaux livres de son Télémaque. Blessé par les flèches d'Hercule, dont il était le possesseur, le héros avait été abandonné à Lemnos. Ulysse et Néoptolème, fils d'Achille, viennent dans cette île, et essayent de lui arracher ses flèches ou de l'emmener devant Troie. Rien n'est plus touchant que les dialogues de cette pièce ; mais on ne peut guère dire que le dénouement en soit tragique. Elle se termine par l'apparition d'Hercule qui seul peut vaincre la résistance de Philoctète.

L'*Electre,* un des chefs-d'œuvre de Sophocle, a pour sujet, comme les *Choéphores* d'Eschyle, le meurtre de Clytemnestre et d'Egysthe par les enfants de la malheureuse reine, Oreste et Electre. C'est la tragédie de la vengeance filiale. Electre attend son frère depuis de longues années ; lorsqu'il arrive, afin d'exécuter l'œuvre pour laquelle elle l'a sauvé, elle l'encourage par ses exhortations et par le récit de ses infortunes.

Il est facile de voir par cette pièce que Sophocle avait augmenté le nombre des acteurs ; car cinq personnes prennent part au dialogue. La tragédie grecque, ainsi complétée comme action, demeura toujours dans cette simplicité.

Les trois autres forment une trilogie. Le sujet de l'*OEdipe roi* est la découverte du mystère qui couvre la naissance et le crime involontaire d'OEdipe. Quand le secret est dévoilé, l'infortuné prince se crève les yeux.

Sans autre soutien que sa fille Antigone, le vieillard errant s'arrête à Colone où il doit mourir. C'est là que le poète nous le montre dans la seconde pièce de la trilogie.

Dans la troisième, l'héroïne est cette même Antigone que nous venons de voir aux côtés de son père. Créon, tyran de Thèbes, la fait périr parce qu'elle a donné malgré sa défense la sépulture à ses frères ; mais le fils de Créon se tue de douleur et le tyran trouve ainsi le châtiment de son crime. Quelques auteurs ont raconté que Sophocle était mort en récitant des passages d'Antigone. On est en réalité réduit à des conjectures sur le genre de sa mort. Il laissa en mourant la réputation d'un homme aussi élevé par la beauté de son caractère et l'aménité de ses mœurs que par la distinction de son esprit et la puissance de son génie.

Bien que venu après lui, son rival Euripide l'avait précédé dans la tombe.

EURIPIDE (480-405). — Euripide naquit le jour où les Grecs préludèrent par un combat glorieux près des bouches de l'Euripe à la bataille de Salamine. Cette circonstance lui valut son nom. Il embrassa d'abord la carrière des athlètes, puis se livra à la peinture, et étudiait l'éloquence et la philosophie lorsque, témoin d'une lutte poétique entre Eschyle et Sophocle, il résolut lui-même de marcher sur leurs traces.

Moins heureux que Sophocle qui vainquit Eschyle, il ne put l'emporter sur le prince de la tragédie ancienne. L'envie l'empêcha même d'être couronné souvent. Il put du moins rivaliser avec Sophocle et mériter de balancer sa gloire.

Les chagrins domestiques rongèrent son existence. Sur la fin de sa vie, il se retira auprès du roi de Macédoine, et mourut à près de quatre-vingts ans.

Disciple du philosophe Anaxagoras, Euripide avait perdu la foi aux absurdités du paganisme.

Il ne put pas s'enthousiasmer en les célébrant ; il ne peignit donc ni les héros ni les dieux avec conviction ; il montra les hommes tels qu'ils étaient avec leurs passions et leurs vices. Aussi fut-il moins moral que Sophocle : il amollit les caractères, et ne put enflammer les cœurs par cette dignité religieuse qu'il ne connaissait pas.

Mais aucun poète grec ne sut mieux attendrir : aucun ne fit parler la passion avec plus de force, aucun surtout ne mit autant de grâce et d'harmonie dans les vers. Il intéressa, il excita de vives émotions, mais souvent en énervant les âmes : et s'il fut admiré plus que Sophocle, d'Aristote et de Socrate, il le dut à des digressions philosophiques qui nuisaient au mouvement de ses drames. La postérité semble lui avoir préféré Sophocle qu'elle a appelé l'Homère de la tragédie. Euripide écrivit cent vingt pièces. Nous possédons dix-huit tragédies sous son nom, mais plusieurs sont peu dignes de sa réputation. En voici le titre : *Hécube, Oreste, les Phéniciennes, Médée, Hippolyte, Alceste, Andromaque, les Suppliantes, Iphigénie en Aulide, Iphigénie en Tauride, Rhésus, les Troyennes, les Bacchantes, les Héraclides, Hélène, Ion, Hercule furieux, Electre.* On y peut joindre le seul drame satyrique que nous ait transmis l'antiquité, *le Cyclope.*

On cite parmi les plus remarquables *Hécube*, où l'auteur nous retrace les dernières douleurs de la veuve de Priam.

Iphigénie en Aulide est le chef-d'œuvre d'Euripide. On y admire la résignation d'Iphigénie au moment où elle est sur le point d'être sacrifiée. Racine a rendu ce sujet populaire chez nous, en le traitant à son tour.

Iphigénie en Tauride nous fait assister à la reconnaissance d'Oreste et de sa sœur devenue prêtresse de Diane.

Hippolyte est la tragédie imitée et surpassée par Racine dans sa *Phèdre.* Racine a encore imité les *Phéniciennes* du même poète dans sa *Thébaïde.* Il s'agit de la mort d'Etéocle et de Polynice. Cette pièce est bien au-dessous des précédentes, et cependant Racine, encore à son début, n'a pu en atteindre l'élévation.

Euripide est aussi sans rival quand il nous met en scène *Médée* égorgeant ses enfants pour punir l'infidélité de Jason.

Alceste nous offre un tableau tout contraire. Cette femme infortunée sacrifie ses jours pour sauver son époux, et est récompensée de son dévouement par Hercule qui descend aux enfers et le ramène à

Admète. « Voilà ce qui ravissait, ce qui enchantait les Grecs, s'écrie M. Villemain... Sont-ce là les lois vulgaires tant répétées, qui veulent que la tragédie se termine toujours au bonheur ou au malheur? Ce qui sera pathétique et théâtral, cette fois c'est le retour inespéré de son époux. Ce qui sera tragique c'est le mélange même du comique, c'est le contraste des funérailles d'Alceste, de la douleur de ses enfans, du deuil de son mari, et de la joie de cet étranger indifférent qui est assis à table (1) ».

Telles sont les principales œuvres d'Euripide, les autres ne sont pas toutes à dédaigner, et l'on y rencontre des scènes pleines d'intérêt ; mais il serait trop long de s'arrêter à chacune.

Euripide a été comparé tantôt à Racine à cause de la manière dont ils envisagent les hommes dans leurs tragédies ; tantôt à Voltaire à cause du septicisme religieux qui se manifeste dans les pensées de ces deux auteurs.

Quoiqu'il en soit de ces comparaisons plus ou moins justes, il est certain qu'Euripide, malgré son génie, marque le commencement de la décadence dans le théâtre grec. Sophocle avait en vieillissant perfectionné ses talents et son art. Euripide qui suivit d'abord les règles sûres tracées par son illustre devancier voulut ensuite se frayer de nouvelles voies, et s'il parvint à révéler les ressources de son esprit inventif, il ne donna pas moins l'exemple qui, imité par de moindres talents, devait précipiter l'art sur le penchant de sa ruine.

(1) Villemain. Tableau de la littérature française au XVIIIᵉ siècle, 3ᵉ partie.

Du drame satirique. — Outre ses tragédies Euripide nous a laissé un drame satirique intitulé le *Cyclope*. C'est ici le lieu de parler de ce drame intermédiaire qui eut un assez grand rôle chez les Grecs.

Il dut son origine aux mêmes causes que la tragédie. On mêlait aux dithyrambes, chantés en l'honneur de Bacchus, des censures et des railleries mordantes, des jeux de mots, des plaisanteries grossières, et, lorsque la tragédie prit naissance, le rire se réfugia dans cette composition hybride, où ne devaient paraître que des satyres et des silènes qui dansaient et conversaient avec les dieux et les héros. On a donné des règles au drame satirique. Mélange de tragédie et de comédie, il différait de cette dernière, en ce qu'il réclamait une certaine gravité dans le sujet. Aussi Horace a-t-il pu dire :

> *Verum ita risores, ita commendare dicaces,*
> *Conveniet satyros, ita vertere seria ludo,*
> *Ne quicumque deus, quicumque adhibetur heros*
> *Regali conspectus in auro nuper, et ostro,*
> *Migret in obscuras humili sermone tabernas,*
> *Aut, dum vitat humum, nubes et inania captet.*
>
> (*Art poétique*, vers 225 et suite).

Nous avons dit que les tétralogies se terminaient par un drame satirique. Eschyle en composa quinze et se distingua dans ce genre. Sophocle qui ne voulait pas se soumettre à l'obligation de faire quatre pièces ensemble, dut d'abord céder à l'opinion. On pense qu'une vingtaine de ses pièces rentraient dans le genre satirique.

Nous n'avons pour étudier la forme de ces pièces que celles d'Euripide. Le *Cyclope* du tragique Athénien est la fable d'Ulysse dans la caverne de Polyphème.

2*

Silène et ses fils les satyres cherchant Bacchus, ont échoué sur les côtes de Sicile, et retenus esclaves par Polyphème, profitent de la ruse et du courage d'Ulysse pour échapper des mains de leur maître...

Il paraît qu'Euripide était fort inférieur en ce genre à Achéus et à Hégémon.

ACHÉUS, HÉGÉMON, ION. — Ces deux poètes avaient aussi composé des pièces tragiques. Le premier est même cité avec un autre nommé Ion de Chios, dans le canon alexandrin ; mais ils ne pouvaient rivaliser avec Euripide et Sophocle.

AGATHON, CHÉRÉMON. — Agathon dont nous parle Platon ne paraît pas avoir été sans mérite ; mais après Euripide, l'art dramatique décline sensiblement, la tragédie meurt, et ce n'est pas assez pour la faire revivre de Chérémon, poète du IVe siècle, regardé par Aristote comme digne d'être lu, ni de tous les déclamateurs ou imitateurs d'Alexandrie ou de Byzance.

La Grèce devait épuiser d'un seul coup la source féconde de ses poètes. Dans le même temps qu'Euripide et Sophocle donnaient aux Athéniens le spectacle des scènes tragiques ou des émotions bouffonnes, la comédie prenait aussi son essor et ses maîtres produisaient des chefs-d'œuvre que le génie de Molière n'a point fait dédaigner.

DE LA COMÉDIE

La comédie était née avec la tragédie et le drame satirique. Les fêtes de Bacchus se terminaient par un banquet où, de même que l'on avait chanté le dithyrambe en l'honneur du dieu pendant la solennité, on faisait éclater sa joie par un chant plein de licence et par des danses désordonnées. C'est ce chant bachique qui fut l'origine de la comédie et de son nom : κωμωδία vient de κῶμος banquet, et de ωδή, chant.

La comédie mit plus de temps à se développer que la tragédie. « Le carnaval bachique, dit M. Emile Burnouf, la jeta dès son origine dans le fantastique qui est à la fois voisin de l'idéal et de la réalité grotesque. Dans Athènes, où la vie réelle se manifestait dans toute sa liberté, la comédie mit de bonne heure sur la scène les sujets qu'elle lui emprunta, mais comme elle était née de la farce Dionysiaque venue de Mégare, et qu'elle demeura longtemps fidèle à son origine, elle fut toute remplie de l'esprit dorien, qui va droit au général, et s'appuie toujours sur les traditions héroïques et sacrées. En Sicile les drames comiques eurent dès l'abord ce caractère de généralité, et s'élevèrent jusqu'à mettre sur la scène des sujets métaphysiques, comme les drames indiens. Du reste, tragédie et comédie sont deux formes du drame presque identiques l'une à l'autre ; mêmes éléments dans leur composition, mêmes procédés, mêmes lois ; la même scène et le même théâtre servent à toutes deux ; l'une et l'autre font usage du masque ; seulement ici le masque est grimaçant et porte le nom de σκεῦος. La comédie conserva longtemps le vêtement jaune, bariolé de rouge ou bigarré à l'orientale, qu'on portait dans la fête de Kômos ; les peintures de vases nous représentent souvent des scènes comiques où les acteurs portent vestes et culottes, comme les vendangeurs et comme les gens d'Asie. Mais avec ces costumes traditionnels ils ne représentaient pas moins des êtres fantastiques, soit même des personnes vivantes ou des divinités, soit enfin des animaux, des oiseaux, des guêpes, des grenouilles (1) ».

Nous verrons, en effet, Aristophane employer de tels personnages. Mais avant lui la comédie avait dû subir plusieurs transformations. Elle se développa sur deux théâtres à la fois, à Athènes et en Sicile.

PREMIERS AUTEURS COMIQUES

SUSARION. — Susarion, contemporain de Thespis, fut le premier qui introduisit le dialogue dans le chant du banquet. Ce fut un dialogue satirique. Susarion était de Mégare ; il promenait ses acteurs sur un chariot dans les campagnes, ainsi que nos baladins, et ils amusaient le peuple par leurs farces licencieuses.

Au commencement du cinquième siècle, Cratès et Cratinus acquirent droit de cité dans Athènes à la comédie.

CRATÈS. — Cratès fut le premier selon Aristote qui renonça à la satire personnelle pour des fables et des sujets généraux. Il avait été acteur dans les pièces de Cratinus avant d'en composer lui-même d'un caractère tout-à-fait opposé.

Comédie sicilienne.—Mais ce fut en Sicile que la comédie se développa le plus rapidement. Elle avait déjà quelque perfection à Syracuse au temps de Cratès. Elle le devait à Phormis et surtout à Epicharme qui fonda à Syracuse une école poétique.

(1) *Histoire de la littérature grecque.*

EPICHARME, PHORMIS (*Ve siècle*). — Epicharme naquit à Cos, et se fixa en Sicile à la cour d'Hiéron. Venu avant Eschyle et Cratinus, il vivait encore lorsque ces deux grands hommes avaient déjà commencé à parcourir leur carrière théâtrale.

« Au lieu d'un recueil de scènes sans liaisons et sans suite, dit Barthélemy, le philosophe Epicharme établit une action, en lia toutes les parties, la traita dans une juste étendue, et la conduisit sans écart jusqu'à la fin. Ses pièces, assujetties aux mêmes lois que la tragédie, furent connues en Grèce ; elles y servirent de modèles, et la comédie y partagea bientôt avec sa rivale les suffrages du public et l'hommage que l'on doit aux talents.

« Les Athéniens surtout l'accueillirent avec les transports qu'aurait excités la nouvelle d'une victoire (1). »

La comédie semble pourtant avoir eu un caractère tout différent à Athènes et en Sicile. Epicharme était un philosophe pythagoricien ; il dut chercher, si nous en croyons le titre de ses pièces, à faire prévaloir ses idées philosophiques. D'ailleurs, le gouvernement de Syracuse était un gouvernement royal, paisible et ordonné. On n'y aurait point souffert ces attaques contre les gouvernants et les fonctionnaires publics qui fournissent la matière principale aux satires d'Aristophane et de ses contemporains.

A Athènes, au contraire, le gouvernement était essentiellement démocratique. Le peuple était jaloux de sa puissances et de sa liberté. Il jouissait de voir étaler devant ses yeux les turpitudes et les mi-

(1) *Voyage d'Anacharsis.*

sères vraies ou fausses de ses juges, de ses archontes,
de ses sages et de ses hommes de guerre.

Comédie athénienne. — Aussi la comédie athénienne fut-elle d'abord toute politique, agressive,
personnelle, pleine d'audace et de licence. Elle en
vint à de tels excès que les magistrats se crurent obli-
gés de l'interdire. Elle reparut plus tard, mais sous
une autre forme, avec des procédés adoucis. Elle ne
nomma plus les personnages vivants, et les cacha
sous des allégories. Les masques étaient trop trans-
parents, la magistrature intervint de nouveau, et la
comédie subissant une troisième métamorphose se
borna désormais à censurer les mœurs et à se mo-
quer des ridicules. Ces diverses transformations ont
fait diviser la comédie athénienne en trois périodes,
la *vieille comédie*, la *comédie moyenne*, et la *nouvelle*.
Nous avons vu que les talents des poètes au temps
de Cratinus, avaient permis à la comédie de s'ins-
taller au théâtre sur le même pied que la tragédie
dont on lui accorda les chœurs.

Vieille comédie — Cratinus (*V ͤ siècle*). — Cratinus qui florissait au milieu du V ͤ sièle, composa
vingt-et-une comédies. Couronné neuf fois, il se fit
remarquer par son énergie et son esprit amer et satirique.

Eupolis. — Eupolis qui le suivit est rangé au nombre des bons écrivains par les anciens. Il avait été
couronné dix fois, mais tous ses ouvrages sont per-
dus. On lui trouvait plus de grâce et de douceur qu'à
son ami Cratinus.

L'un et l'autre sont avec Phérécrate, Platon, Epicharme et Aristophane, inscrits sur le catalogue des grammairiens d'Alexandrie.

PHÉRÉCRATE. — Phérécrate est connu à cause du mètre qui porte son nom, et dont il fut l'inventeur. Il était contemporain d'Aristophane, ainsi que Platon le comique, qu'il ne faut pas confondre avec l'illustre philosophe, qui commentait la doctrine de Socrate dans les jardins d'Académus.

ARISTOPHANE (*né vers* 450 *av. J.-C.*) — Aristophane est le premier des poètes de la comédie ancienne, celui qui la représente le plus complètement dans sa manière satirique et personnelle. Il ne respecta pas même le mérite, et se servit de tous les moyens. Il se moqua de la philosophie dans la personne de Socrate, du peuple dans celle de Créon, son idole. Il se mêla aux discussions littéraires, aux débats politiques, et ne se soucia ni de l'honneur ni de la vertu. Il est difficile d'imaginer une licence plus effrénée que la sienne. Mais au milieu de cette débauche d'esprit et de cœur éclate une imagination vive, une verve sarcastique inépuisable, une raillerie maligne et impitoyable, une pureté de langage qu'on ne sait comment concilier avec un tel dévergondage d'intelligence.

Aristophane avait composé plus de cinquante comédies. Onze nous sont parvenues, retouchées par lui ou par ses fils : *les Acharnéens, les Chevaliers, les Nuées, les Guêpes, la Paix, les Oiseaux, les Femmes célébrant la fête de Cérès, Lysistrate, les Grenouilles, le Club féminin* et *Plutus.*

Dans les *Acharnéens,* le poète suppose qu'un habitant d'Acharnée, a fait, durant la guerre du Peloponèse, la paix pour son compte personnel, et qu'il se trouve heureux. Dans cette pièces comme dans la *Paix* et dans *Lysistrate*, le but de l'auteur est évidemment de détourner ses concitoyens de la guerre. La pièce de la *Paix* regarde cependant plus particulièrement les autres peuples de la Grèce. Quand l'auteur la composa Athènes était en paix avec Lacédémone.

Les *Nuées* sont une critique amère des philosophes et des sophistes où Socrate est attaqué ouvertement, et dont une scène a inspiré à Molière son *Bourgeois gentilhomme.*

Les *Guêpes* sont une satire contre les juges et les amateurs de procès. Racine nous en a donné une imitation dans les *Plaideurs.*

Les *Chevaliers* sont une attaque contre Cléon, démagogue nommé général par le peuple, malgré son inexpérience.

Les *Femmes célébrant la fête de Cérès* ont été composées contre Euripide que le poète y représente comme l'ennemi des femmes.

Le *Conciliabule des femme,* ou les *Harangueuses,* nous fait assez connaître son but par le titre. Cette pièce n'a point perdu son à propos.

Les Oiseaux et *les Grenouilles* sont des allégories dont la première est assez obscure ; la seconde est dirigée contre les auteurs tragiques, et le chœur y est composé de grenouilles du Styx, fleuve que traverse Hercule pour ramener des enfers Eschyle, en y laissant Euripide.

De la Comédie moyenne. — Le *Plutus* appartient à la *comédie moyenne.* Athènes avait succombé dans sa lutte contre Lacédémone. Les trente tyrans portèrent des lois contre les auteurs comiques, et il leur fut interdit de représenter des personnes vivantes ou de les mettre en scène avec leur nom.

La comédie ne changea guère de caractère ; elle ne fit que déguiser les masques. On changea la figure, on contrefit le nom, mais le fond fut le même.

Aristophane fut obligé de se soumettre à la loi. Son *Plutus* est une des pièces qu'il composa dans cette seconde période de sa vie. Plutus est le dieu de la richesse. Aveugle, il recouvre la vue tandis qu'il dort dans le temple d'Esculape, et est mis à la place de Jupiter. C'est une satire contre l'avidité des Athéniens.

ANTIPHANE. — ALEXIS. — La comédie moyenne ne nous a laissé que cette pièce. On cite comme s'étant distingué après Aristophane, Antiphane de Rhodes et Alexis de Thurii qui composèrent chacun plus de deux cents comédies.

Mais la tyrannie avait coupé les ailes du génie, et les productions ne furent remarquables que par leur médiocrité. Aristophane emporta pour un temps l'art comique dans la tombe. Il mourut au commencement du IVe siècle ; il avait vécu la moitié du Ve.

Comédie nouvelle. — MÉNANDRE (342-293). — La comédie athénienne ne fut relevée que par Ménandre sous la forme où nous l'avons à présent, sous celle d'une fable vraisemblable développée régulièrement pour peindre les mœurs et les caractères de l'homme ou d'une époque. Il naquit à Athènes vers l'an 342, étudia la philosophie sous Théophraste, acquit une grande célébrité, fut imité par Térence, admiré par Horace, et composa près de cent pièces dont malheureusement aucune n'est venue jusqu'à nous. Il mourut en 293, et fut élevé par quelques-uns au-dessus même d'Aristophane.

PHILÉMON, PHILIPPIDE, DIPHILE et APOLLODORE. — On peut citer parmi ceux qui marchèrent plus ou moins sur ses traces Philèmon, Philippide d'Athènes, Diphile de Sinope et Apollodore. Nous n'avons que leurs noms.

Mais Alexandre avait pendant ce temps conquis la Grèce et l'Asie.

La face de la civilisation était changée.

III. DE LA POÉSIE

Après la conquête d'Alexandre.

Décadence.

L'Asie, la science et la police des peuples gagnèrent à la diffusion des mœurs et du langage des Hellènes. La langue y perdit sa pureté, la littérature son foyer, la poésie ses élans et sa sève généreuse.

Athènes enfin perdit la palme des beaux-arts et de l'éloquence.

En dehors de Ménandre, dont nous avons parlé, de Théocrite et du genre bucolique, nous n'avons plus à citer que des noms d'imitateurs ou de poètes inconnus.

Le génie manquait; l'esprit de l'homme s'était adonné aux études d'érudition. C'est l'époque des rhéteurs, des grammairiens, des compilateurs. Alexandrie devint le centre intellectuel, d'où la lumière rayonna sur la Grèce, sur l'Egypte, sur l'Asie-Mineure, et bientôt sur tout le monde ancien, quand Rome eut égalisé les nations sous le tranchant de son épée. « Depuis qu'Alexandre eut dompté, civilisé l'Asie, dit Plutarque, tout le passe-temps de ses peuples était de lire les vers d'Homère, et les enfants des Perses, des Susaniens et des Gédrosiens chantaient les tragédies de Sophocle et d'Euripide (1).

De nombreux poètes s'exerçaient dans tous les genres à Alexandrie. Quelqus-uns étaient vantés de leurs contemporains ; mais leur élégance affectée

(1) Plut. — *De la fortune et de la vie d'Alexandre* : ch. III.

ôtait à leurs ouvrages la simplicité et le naturel, leur érudition de mauvais goût nuisait à la clarté et à l'intérêt.

La pléiade tragique.—Les poètes qui cultivèrent la tragédie à cette époque formèrent ce qu'on appelle la *Pléiade* composée d'Alexandre l'Etolien, de Sosithée, de Philiscus de Corcyre, d'Homère le jeune, d'Œantide, de Sosiphane et de Lycophon de Chalcis.

Il nous reste de ce dernier auteur le poëme le plus obscur que l'on puisse imaginer. *Cassandre* est le titre de cet ouvrage. La fille de Priam y prédit à son père les malheurs dont les Troyens sont menacés.

APPOLONIUS DE RHODES (*IIIᵉ siècle*). — Un ouvrage plus célèbre est le poème épique d'Apollonius de Rhodes sur l'expédition de Jason. Les *Argonautiques*, — tel est le titre de cette œuvre, — sont une composition qui ne manque pas d'élégance et de goût ; mais l'inspiration n'a pas secondé les efforts du rhéteur. Il reste constament médiocre.

CALLIMAQUE (320-270 *av. J,-C.*). — Appolonius avait été à Alexandrie élève de Callimaque de Cyrène, auteur vanté de son temps par ses élégies, et dont il nous reste six hymnes; Callimaque était plus remarquable comme érudit que comme poète.

Le goût de la science était d'ailleurs entré dans toutes les têtes. La poésie didactique convenait beaucoup mieux à des esprits désireux d'apprendre. Beaucoup d'écrivains la cultivèrent. Deux d'entre eux méritent d'être cités.

ARATUS (*Vᵉ siècle*). — Aratus de Soles qui fleurit au

milieu du III⁰ siècle, à la cour du roi de Macédoine composa sur *les Phénomènes et les Signes* un poëme astronomique remarquable par son élégance et par des passages pleins d'une réelle poésie.

NICANDRE (*II⁰ siècle 140 av. J.-C.*). — Nicandre de Colophon, médecin, grammairien, prêtre d'Apollon de Claros, avait composé plusieurs poëmes élégants entre autres des *Géorgiques* et des *Métamorphoses* auxquelles Virgile et Ovide ont fait plusieurs emprunts.

C'était peu que de telles compositions pour tenir lieu des ouvrages d'Homère.

Comme dans tous les temps de décadence, on voulut suppléer au défaut d'inspiration par l'invention de nouveaux genres et de nouvelles formes, où le faux goût se mêle à l'impuissance.

Hilaro-Tragédies. — RHINTHON (*III⁰ siècle*). — Alexandrie vit naître à côté du drame satirique ressuscité et transformé les *hilaro-tragédies*, pièces mélangées de tragique et de comique, auxquelles donna un certain éclat Rhinthon de Syracuse, qui vivait sous le premier Ptolémée.

Les silles. — Un grand nombre de ces poètes cédèrent au goût du temps pour les épigrammes. Callimaque s'acquit une réputation dans ce genre frivole. Cet amour pour les traits satiriques et les formes nouvelles de littérature fit la fortune sans doute de ces parodies satiriques appelées silles (1), où l'on altérait les passages les plus connus des anciens au-

_____

(1) Le mot σίλλος signifie sarcasme.

teurs pour les appliquer dérisoirement aux personnages des temps présents.

TIMON DE PHLIONTE. — Timon de Phlionte, philosophe pyrrhonien, fit ainsi des satires mordantes contre les philosophes, et passa aux yeux de ses contemporains pour un poète de grand mérite. Diogène
Laërte a analysé les trois livres de ses silles.

MÉNIPPE. — Avant lui, Ménippe, né à Gadares en
Phénicie, philosophe cynique, s'était acquis du renom
pour de semblables travaux. Il entremêlait dans ses
écrits la prose et les vers, et de son nom on a appelé
Ménippées les satires où l'on passe de la prose aux mètres poètiques et des vers à la prose.

Poésie pastorale. — C'étaient là les derniers
efforts de la poésie mourante dans les provinces grecques de l'Orient. La poésie pastorale cependant trouvait à cette époque des interprètes qui l'élevèrent à la
dignité d'un genre, et qui méritèrent eux-mêmes
de passer à la postérité. Ce fut en Sicile. La poésie
bucolique et pastorale avait pris naissance dans les
chansons des pasteurs. L'art embellit cette matière
première, la légende s'en mêla et créa un berger
idéal, Daphnis, né d'une nymphe et de Mercure. Il
fut permis alors aux poètes bucoliques d'élever leur
vol, et de donner par l'imagination une auréole poétique, des formes moins grossières quoique vraisemblables, à leurs bergers et à leurs luttes.

THÉOCRITE (*IIIe siècle av. J.-C.*). — Théocrite a résumé en lui toute la poési pastorale. Il est même pro-

bable que plusieurs des essais de ses prédécesseurs lui urent attribués. Parmi les trente idylles qui nous restent sous son nom dix à peine sont véritablement des églogues. Les autres sont des morceaux de divers genres.

Par la grâce de ses idylles, Théocrite est inimitable: son art est si grand, si délicat que Virgile n'a pu le surpasser. Il est triste que l'immoralité dépare l'élégante simplicité de ses œuvres. Si l'on doit admirer sa fidélité dans les descriptions des paysages, on ne peut que déplorer l'exactitude cynique de son pinceau dans l'expression des passions.

Il peut être intéressant de comparer ici Virgile et Théocrite dans quelques vers imités de ce dernier par le poète latin. Dans sa Ire idylle qui correspond à la Ve et à la Xe de Virgile, Théocrite se sert de ce vers intercalaire :

« Commencez, muses chéries, commencez des chansons pastorales ».]

On retrouve ce vers sous une autre forme dans la VIIIe églogue de Virgile.

Incipe Mœnalios mecum, mea tibia, versus.

Dans son récit de la mort de Daphnis qui fait le sujet de cette Ire idylle du poète de Syracuse, Thyrsis s'écrie :

« Les tigres et les loups pleuraient Daphnis mourant ; le lion dans la forêt rugissait de douleur.

« Commencez, muses chéries, commencez des chansons pastorales].»

» A ses pieds étendus, ses bœufs, ses taureaux, ses tendres génisses, partageaient ses cruels ennuis. »

Traitant le même sujet, le poète de Mantoue traduit :

« *Non ulli pastos illis egere diebus*
« *Frigida, Daphni, boves ad flumina ; mellaque amnem*
« *Libavit quadrupes, nec gramines attiget herbam.*
« *Daphni, tuum Pœnos etiam ingenuisse leones*
« *Interitum montesque feri sylvæque loquuntur.*
« *Daphnis et Armenias curru subjungere tigres*
« *Instituis*...... (1) »

L'espace ne nous permet pas de continuer une comparaison qui n'est pas sans utilité. On voit assez avec quel art les écrivains latins savaient piller leur maître ; et, si le grec était mis sous nos yeux en même temps que le texte latin, nous pourrions dire avec Geoffroi, à qui nous empruntons la traduction des passages de Théocrite : « Si l'on en croit Elien, Stésichore fut le premier qui chanta les malheurs de Daphnis. Théocrite, à son exemple, a pris pour sujet de sa première idylle la mort de cet illustre berger : c'est une des plus belles pièces de notre auteur; elle est pleine de sentiment et de cette simplicité touchante qui est le principal caractère de Théocrite. Virgile l'a imitée et presque copiée en plusieurs endroits dans sa X⁰ églogue intitulée *Gallus*. Il y a plus de chaleur, plus d'éloquence et de pathétique dans le poète latin ; mais on trouve dans Théocrite une teinte de mélancolie, un charme, une douceur qui paraissent convenir davantage à la nature de l'idylle (2) ».

(1) Virg. égl. V.
(2) Geoffroi ; traduction de Théocrite, édition grecque et française, notes de la 1re idylle.

Théocrite, né à Syracuse, passa de la cour d'Hiéron le jeune, à celle de Ptolémée Philadelphe, roi d'Egypte.

Il florissait au IIIᵉ siècle av. J.-C., et avait pour contemporains Bion et Moschus, qu'on ne sépare point de lui, malgré la différence de leur manière.

BION ET MOSCHUS. — Ces deux poètes ne mêlent ni action ni dialogue à leurs poëmes ; ils se contentent de tracer le tableau de la vie des champs. Ils ont, à proprement parler, inventé l'idylle véritable.

Bion, natif de Smyrne, nous a laissé quelques pièces qui ne manquent ni d'art ni d'élégance, mais trop souvent de naturel.

Moschus évita ce défaut ; pourtant il n'égala point Théocrite son compatriote. Son chef-d'œuvre est son *Chant funèbre en l'honneur de Bion*, morceau plein de délicatesse et de sentiment.

On pourrait dire, si l'on ne craignait de faire un jeu de mots, que ce fut le chant de mort de la poésie grecque.

Nous n'entendrons plus désormais les notes mélodieuses de la douce langue d'Ionie.

La liberté nourrissait le génie de la Grèce. Elle était tombée déjà sous la main d'Alexandre ; mais, dans son malheur, la Grèce avait pour maîtres des hommes qui parlaient son langage, et qui s'efforçaient d'être les héritiers de sa lyre.

Conquête romaine. — Voici venir maintenant le despotisme militaire de l'Occident. La Grèce est traversée dans tous les sens par les armées romaines. Elle enverra à Rome ses rhéteurs, ses philosophes et ses poètes. Les Grecs seront les instituteurs des consuls, des sénateurs, des empereurs ; mais le pays de Sophocle et de Pindare ne sera plus qu'une province romaine, mais ces maîtres des Césars ne seront jamais que des esclaves.

Que peut alors citer la poésie ? des noms inconnus !

POLYSTRATE, MÉLÉAGRE, ANTIPATER, APOLLODORE, SCYMMUS, DENIS DE CHARAX. — Polystrate, Méléagre, Antipater payèrent les faveurs de leurs maîtres en écrivant des épigrammes. Apollodore, d'Athènes, vers l'an 115 av. J.-C. versifia l'histoire. Il fut suivi dans cette voie par Scymmus de Chios et Denis de Charax qui mêlèrent la géographie à l'histoire sans ajouter plus d'intérêt à leurs ouvrages.

OPPIEN. — Oppien fit des poèmes sur la chasse et la pêche auxquels on peut accorder quelque mérite.

BABRIUS. — Mais il n'y eut de vraiment remarquable à cause de l'élégance de son style, que Babrius, auteur d'un recueil de fables en vers, imitées d'Esope, que l'on est parvenu à recomposer en entier de nos temps. On ignore l'époque où vécut Babrius. Ses fables sont entre les mains de tous les enfants, au même titre que celles d'Esope.

Ainsi se brisaient les dernières cordes de la lyre d'Homère. En vain Constantin sembla-t-il rétablir l'empire des Grecs ; il ne rendit point à Athènes son gouvernement et ses lois, il ne lui rendit point ses enfants dispersés dans le monde, mêlés aux conquérants et aux barbares, dégénérés de leur antique valeur après avoir corrompu leur langue et amolli leurs mœurs.

SAINT-GRÉGOIRE-DE-NAZIANZE (328-389 *ap. J.-C.*). — Le christianisme un instant ralluma le feu de l'inspiration, et Saint-Grégoire-de-Nazianze célébra dans des hymnes pleines de grandeur et de cette sensibilité chrétienne qui fait le charme de nos lyriques modernes, les mystères de la divinité, de la création et de la vie humaine. Il laissa même en vers une histoire de sa propre vie. C'était le germe de cette poésie personnelle si fort en vogue de nos jours.

SYNÉSIUS. — Sous les règnes d'Arcadius et de Théodose le jeune, Synésius, évêque de Ptolémaïs, après avoir été philosophe platonicien, tirait aussi de la lyre des sons harmonieux ; mais il mêlait à ses accents chrétiens des souvenirs de la philosophie païenne et de la vieille mythologie. La poésie chrétienne cherchait sa voie, elle se sentait encore du voisinage du paganisme. La poésie païenne, à peu près morte, s'éteignait en se faisant chrétienne.

PROCLUS (412-485 *ap. J.-C.*). — Vers le temps où florissait Synésius, Proclus publiait quelques hymnes qui empruntent une réelle élévation aux idées que l'influence du christianisme répandait dès lors dans les écoles. Proclus était un philosophe d'Alexandrie, commentateur de Platon.

C'est le dernier que nous nommerons. Le christianisme était dans ces temps trop occupé de sa lutte contre le paganisme, l'hérésie et l'invasion des barbares ; l'empire de Byzance pressé de toutes parts par ses ennemis, était dans une corruption trop profonde, dans un affaiblissement trop extrême, pour que le génie de la poésie pût se réveiller de son assoupissement et charmer de nouveau le monde des doux échos de sa lyre. La fiction se réfugia dans la prose, et si l'on veut trouver quelques ouvrages connus au temps du Bas-Empire, il faut les emprunter aux auteurs de romans.

FIN DE LA POÉSIE GRECQUE

LES ROMANS

JAMBLIQUE (*IIe siècle après J.-C.*). — Les plus célèbres furent les *Babyloniques* du Syrien Jamblique, au IIe siècle, *Théagène et Chariclée* d'Héliodore, qui faisaient les délices de Racine au témoignage de son fils; les *Ephésiaques* de Xénophon; *Leucippe et Clitophon*, d'Achille Tatius, et enfin *Daphnis et Chloé* de Longus. Paul-Louis Courrier, après Amyot, a donné de ce dernier roman une traduction qu'on ne peut lire sans comprendre à quel degré d'hébêtement et de corruption était descendu le peuple le plus spirituel de la terre. C'est de la boue semée de loin en loin de quelques fleurs. Une nation, dont de tels livres est la seule production et la seule nourriture, est une nation condamnée à périr.

Nous avons épuisé d'un seul coup la liste des romans grecs de quelque valeur. Ils ne parviennent pas toujours à nous intéresser, malgré la légèreté du genre et la licence qui caresse les passions. Les autres ne furent que des compositions insipides. « Il y a des sons, comme dit M. Villemain, des phrases, des formes, des apparences, et s'il est permis de le dire, des ombres de pensée ; mais il n'y a plus d'âme, plus de vie ».

Ainsi finit, dans la prose la plus pâle, la poésie la plus féconde et la plus sublime des temps antiques. La langue elle-même n'allait plus être qu'un souvenir historique : les barbares Ottomans devaient régner où retentissait la parole de Périclès.

L'esprit de la Grèce survécut à tant de ruines ; et la grande gloire de sa littérature fut d'avoir donné la politesse et la forme à la nôtre.

FIN DE LA DEUXIÈME PARTIE

TROISIÈME PARTIE

POÉSIE LATINE

I. Commencement de la poésie latine

La littérature latine ne se forma point comme celle des Grecs. Rome et Athènes étaient devenues des républiques démocratiques à peu près dans le même temps. La chute des Tarquins ne fut pas éloignée de celle des Pisistratides. Mais, tandis que les Grecs profitaient de la liberté pour développer les arts, les lettres et le commerce, Rome ne songeait qu'à satisfaire ses instincts belliqueux, et à rattacher à sa domination les peuples dont elle connaissait successivement l'existence. Elle envoya de bonne heure une ambassade à Athènes pour demander à cette république les lois qui furent écrites sur les onze tables. Mais jusqu'à ses luttes contre Pyrrhus dans la Grande-Grèce, et les Carthaginois dans la Sicile, elle ne paraît pas avoir eu de relations suivies avec les cités si policées de la Grèce.

Rome, durant quatre ou cinq cents ans, ne fut que conquérante. Sa littérature fit peu de progrès. Ses historiens sont réduits à nous parler, pour nous faire connaître l'origine de la poésie latine, de chants et de vers dont ils ne comprenaient plus la langue et dont ils n'ont pu saisir le rhythme.

Chants fescennins. — AXAMENTA. — ATELLANES.

— Ce sont les chants *Fescennins*, que l'on composait pour les moissons; les *Axamenta*, invocations des prêtres Saliens; les *Atellanes*, farces grossières qui excitaient le rire des premiers Romains, et dont la postérité n'a rien recueilli.

HISTRIONS. — A l'occasion d'une peste qui ravagea la ville, les Romains instituèrent des jeux scéniques, pour apaiser le courroux des dieux. Les auteurs de ces divertissements empruntés à l'Etrurie se nommaient *Histrions*.

Le goût pour la poésie dramatique fut sans doute la suite de ces essais de représentation; car les premiers auteurs de Rome qui sont un peu connus s'exercèrent dans ce genre.

Caractère de la poésie latine. — Ce fut par un mouvement qui n'est pas sans analogie avec la Renaissance du XVIe siècle que la littérature romaine se montra telle que nous la connaissons. La conquête d'Italie et de Sicile, puis celle de la Grèce elle-même, soumit les vainqueurs au joug de leurs esclaves.

La poésie romaine fut presque toute d'imitation. Elle surgit soudainement; nous verrons qu'elle disparut aussi vite.

Rome fut féconde en orateurs, en historiens; elle le fut moins en poètes.

La poésie demande de la vigueur, de la jeunesse et de la foi dans les peuples. Rome ne prit goût à la poésie que lorsqu'elle était déjà vieille; elle la reçut en même temps que la philosophie, c'est-à-dire en même temps que le doute et l'indifférence religieuse. Aussi sa poésie ne se distingua-t-elle point par l'inspiration et l'enthousiasme; elle emprunte aux Grecs toutes leurs idées et toutes leurs formes : et, si un instant elle brilla d'une vive splendeur, elle le dut à la perfection du détail, à la pureté du goût, à la sûreté de l'imitation, au raffinement de la politesse. Ce fut quand Rome, maîtresse de l'univers, et jouissant des bienfaits de la paix, se contemplait dans sa grandeur, et recevait des nations le tribut des arts, comme celui de la richesse et de la servitude. Alors régnait César-Auguste.

Avant ce siècle où la civilisation était à son apogée, la muse latine jeta peu d'éclat ; elle ne sut point se soutenir quand l'Empire entra dans la décadence. Le grand honneur de Rome est d'avoir compris l'art des Grecs, et d'en avoir applaudi les imitateurs.

LA TRAGÉDIE GRECQUE A ROME

Livius Andronicus (... 220 *av. J.-C.*). — Le premier d'entre eux qui cultiva le genre dramatique chez les Romains, fut Livius Andronicus, de Tarente, dans la Grande-Grèce. Il était poète et acteur et traduisit en latin dix-neuf pièces du théâtre grec. La première fut représentée vers le milieu du troisième siècle avant J.-C.

On nomme après Livius, Lucius Atticus, né à Rome d'un affranchi, et surtout Ennius et Pacuvius son neveu.

Ennius (239-169 *av. J.-C.*). — Ennius naquit à Rudies, près de Tarente, et devint l'ami de Caton qui le conduisit à Rome. Ses imitations de la tragédie grecque furent moins serviles que celles d'Andronicus. Ennius a composé les *Annales de la république*, en vers hexamètres, plusieurs poëmes, et six livres de satires.

Il passe pour l'inventeur de ce genre de poésie qui n'était plus une pièce de théâtre comme le drame satirique chez les Grecs, mais un discours ou entretien sur divers sujets en manière de raillerie, ainsi que l'indique le mot latin *satura* qui signifie mélange.

Ennius, confident de Scipion et ami de Caton, fut grandement estimé de ses contemporains. Cicéron le loue beaucoup, Quintilien en parle avec éloge. Toutefois il perdit beaucoup de son lustre au siècle plus délicat d'Auguste : Virgile le traite avec dédain ; Horace en parle avec une ironie peu déguisée.

PACUVIUS (218-128 *av. J.-C.*). — Horace ne ménage pas davantage le neveu Pacuvius. Celui-ci était né à Brindes, vers l'an 536 de Rome, 218 av. J.-C. Venu jeune à Rome, il s'y distingua comme poète et comme peintre.

Il mourut à Tarente, âgé de quatre-vingt-dix ans. Il avait composé des satires et dix-neuf tragédies. Horace et Quintilien sont d'accord pour lui attribuer plus de profondeur qu'à Ennius. Cicéron nous a conservé de lui plusieurs passages remarquables par une véritable poésie.

LUCIUS ATTICUS (170-87 *av. J.-C.*) — C'est encore à l'orateur romain que nous devons les morceaux qui nous restent de Lucius Atticus. C'est le dernier poète tragique connu. La tragédie romaine expira bientôt ruinée par la pompe des représentations triomphales et les spectacles des combats de gladiateurs. Sénèque le tragique ne fut qu'un déclamateur de profession ; et ses pièces n'étaient point faites pour la scène.

COMÉDIE

Rome fut plus heureuse dans la comédie ; elle nous a laissé dans ce genre de véritables chefs-d'œuvre. Les noms de Plaute et de Térence sont encore populaires.

La comédie avait été comme la tragédie introduite à Rome par Livius Andronicus.

Névius (*deux siècles av. J.-C.*). — Névius voulut après lui porter la licence d'Aristophane sur la scène romaine. Il en fut puni par l'exil et mourut à Utique, vers l'an 204 av. J.-C. selon Cicéron, et, plus tard, d'après le témoignage de Varron.

Il avait composé aussi un poëme sur la Guerre punique et une Iliade latine. On a conservé les titres de soixante-treize de ses pièces. Cicéron en fait assez de cas.

Cécilius Statius (... 168 *av. J.-C.*). — Le même auteur parle avec beaucoup d'éloges d'un autre poète comique contemporain et ami d'Ennius, Cécilius Statius, gaulois d'origine, selon l'opinion la plus probable.

Varron place ce comique au premier rang pour la conduite du sujet. Horace ne lui refuse pas son estime. Il mourut un ans après Ennius, l'an de Rome 586 (168 av. J.-C.).

Attilius. — Turpilius. — Afranius *(vers le 2ᵉ siècle avant J.-C.)* — On donne encore une place distinguée parmi les comiques latins, à Attilius, mentionné par

Cicéron ; à Sextus Turpilius qui florissait vers la fin du second siècle av. J.-C. ; à Lucius Afranius, écrivain spirituel et éloquent, qui avait quelque ressemblance avec Ménandre, au témoignage d'Horace ; et à plusieurs autres tout aussi inconnus que les précédents. La critique n'a glorifié que les noms de Plaute et de Térence.

PLAUTE (*vers 227 à 184 av. J.-C.*). — Marcus-Accius Plautus naquit à Sarsine, en Ombrie, et florissait, croit-on généralement, à l'époque de la seconde guerre punique.

Après s'être enrichi par la représentation de ses comédies, il perdit sa fortune dans des entreprises commerciales, et fut obligé de revenir à Rome où il se mit au service d'un *pileur de blé*.

Nous avons vingt de ses comédies. En voici les titres : *Amphitryo, Asinaria, Aulularia, Captivi, Curculio, Casina, Cistellaria, Epidicus, Bacchides, Mostellaria, Menechmi, Miles gloriosus, Mercator, Pseudolus, Pœnulus, Persa, Rudens, Stichus, Trinummus, Truculentus.* Plaute a eu l'honneur de fournir à Molière le sujet de l'*Amphitryon*, et celui de l'*Avare*, tiré de l'*Aulularia*. Il est remarquable par sa verve comique, un mélange d'élégance extraordinaire et de licence bouffonne, son audace de mise en scène qui le rendit impitoyable dans l'exposition du ridicule. « Je l'appellerais volontiers, dit M. Patin, le Juvénal de la Rome républicaine. »

Plaute avait pourtant imité la *nouvelle comédie* des Grecs, ainsi que son rival Térence, plus élégant et moins libre que lui.

TÉRENCE (193-159). — Térence est le comique de bon

ton, qui n'est compris et goûté que de la haute société. Il se garde de toucher aux gros vices de la populace, et ne peint que les passions aimables et les plus générales. Il naquit à Carthage, en 193 av. J.-C., et fut d'abord esclave. Il mourut de douleur, dit-on, parce qu'il avait perdu dans un naufrage plusieurs comédies imitées de Ménandre.

Il n'a laissé que six pièces : *Andria, Ennuchus, Heautontimoroumenos, Adelphi, Phormio, Hegyra.*

Molière a imité Térence dans l'*Ecole des Maris*, et dans les *Fourberies de Scapin.*

POMPONIUS ET NÉVIUS (*vers* 100 *av. J.-C.*). — *Les Mimes.* — Après ces deux grands hommes, la comédie latine change de nature et se perd peu à peu, dans des farces imitées des *Atellanes*, qui valent quelque temps un nom à Pomponius et à Névius ; et dans *les Mimes*, sortes de pièces où l'allusion politique et satirique trouve sa place à côté de la plus audacieuse et la plus grossière licence.

Genres divers. — LABÉRIUS. — CNÉUS MATTIUS. — PUBLIUS SYRUS (1er *siècle av. J.-C.*). — Labérius, contemporain de Jules-César, Cnéus Mattius et Publius Syrus, dont nous avons des sentences extraites de ses Mimes, ont attaché leur nom à ces compositions dégénérées.

Poésie satirique. — Les mêmes poètes, que nous avons vus composer des comédies, s'étaient aussi pour la plupart distingués dans un genre tout romain, au dire de Quintilien, dans la satire proprement dite « *Satira tota nostra est.* »

Lucilius. (149-103 *av. J.-C.*). — Nous avons dit qu'Ennius passait pour l'inventeur de ce genre. Quelques-uns réservent cet honneur à Lucilius qui certainement surpassa dans cette voie tous ses prédécesseurs.

Il écrivit trente livres de satires. Horace raille agréablement sa facilité qui lui permettait de dicter deux cents vers en se tenant sur un pied.

Le favori de Mécène se moqua même de Varron d'Atax et de quelques autres dont les essais avortés, dit-il, lui laissant le champ libre, l'ont engagé à se livrer à la satire.

> *Hoc erat, experto frustra Varrone Attacino,*
> *Atque quibusdam aliis, melius quod scribere possim (1).*

Varron (116-26 *av. J.-C.*). — Il ne reste que de rares et courts fragments de tous ces poètes ainsi que de Marcus Terentius Varron, célèbre pour la science et la distinction de son esprit, qui laissa quelques instants la philosophie et l'érudition pour composer des satires mêlées de prose et de vers, et qu'il appela *Ménippées*, du nom du philosophe Ménippe, qui s'était distingué chez les Grecs par ses sarcasmes et son acrimonie.

Né à Rome l'an 116 av. J.-C., Terentius Varron, mourut à l'âge de 90 ans, après avoir connu les grands écrivains qui illustrèrent le siècle d'Auguste.

Poésie élégiaque. — Catulle (86-40 *av. J.-C.*). — Il avait été le contemporain d'un poète qui serait le plus aimable des poètes, s'il n'en était le plus corrompu.

(1). Sat. I. X. 46

Poète frivole et sensuel, remarquable par sa douceur et la délicatesse du sentiment, inimitable dans la poésie légère, Catulle est le rival de Virgile dans le célèbre morceau épique des *Noces de Thétis et de Pélée.*

Poésie didactique. — LUCRÈCE (*né* 35 *av. J.-C.*). — Le même génie, et le même matérialisme épicurien se retrouvent dans un autre poète du même temps, Titus Lucretius Caius. Mais, tandis que Catulle jetant les fleurs à pleines mains, s'était plu à chanter le plaisir, sans souci de la science ou de la philosophie, c'est la théorie d'Epicure que Lucrèce met en vers, mais avec une poésie si vive, si énergique, et parfois si sublime, que les erreurs de l'auteur et l'antiquité rude encore de sa langue, n'ont point suffi à le faire oublier.

Son poëme sur la nature des choses « *de Naturá rerum* » malgré ses beautés littéraires, est un livre dangereux, plein de doctrines malsaines et voluptueuses, mêlées à une physique fabuleuse et sans fondement.

Ses raisonnements sont loin d'être rigoureux : et il, n'en saurait être autrement, puisqu'il se sert pour prouver la non-existence de la divinité, de ce qui au contraire la prouve d'une manière irréfutable, l'ordre et la beauté de la nature.

Qui croirait, par exemple, que Lucrèce tire de la régularité de la germination, de la floraison correspondant à celle des saisons, la conclusion que rien n'a pu sortir du néant ? C'est le grand défaut de cet ouvrage : il est bâti sur le sable, et l'édifice n'est pas solide. On le regrette quand on aperçoit la richesse abondante de ses tableaux et de ses descriptions. Avec des croyances raisonnables, dans un siècle plus favorisé, Lucrèce eut été l'un des plus grands poètes de l'humanité. Il a dans ses vers une manière qui lui est propre et la poésie surabonde dans un thème si aride en apparence. Nous ne citerons que ces vers entre tant d'autres.

> Postdemo pereunt imbres, ubi eos pater Æther
> In gremium matris Terrai precipitavit,
> At nitidæ surgunt fruges, ramique virescunt
> Arboribus ; crescunt ipsæ, fetuque gravantur.
> Hinc alitur porro nostrum genus, atque ferarum :
> Hinc lætas urbes pueris florere videmus (1),
> Frondiferasque novis avibus canere undique sylvas :
> Hinc fessæ pecudes pingues per pabula læta
> Corpora deponunt, et candens lacteus humor
> Uberibus manat distentis : hinc nova proles
> Artubus infirmis teneras lasciva per herbas
> Ludit, lacte mero mentes percussa novellas.

CICÉRON (106-43 av. J.-C.). — Lucrèce, athée et intempérant, devint fou, dit-on, et mourut à l'âge de 44 ans, à une époque où la poésie latine, sur le point de briller de son plus vif éclat, était cultivée par Cicéron lui-même. Mais la poésie du prince des orateurs ne valait pas sa prose.

(1) Ces pluies, que l'air fécond verse à grands flots dans le sein de notre mère commune, te paraissent perdues ? Mais par elles la terre se couvre de moissons, les arbres reverdissent, leur cime s'élève, leurs rameaux se courbent sous le poids des fruits. Les pluies fournissent des aliments aux hommes et aux animaux : de là cette jeunesse florissante qui peuple nos villes, ce nouvel essaim d'oiseaux qui dans les bois chantent sous la feuillée, et ces troupeaux qui reposent dans leurs riants pâturages leurs membres fatigués d'embonpoint, tandis que des ruisseaux d'un lait pur s'échappent de leurs mamelles gonflées : enivrés de cette douce liqueur, les tendres agneaux s'égaient sur le gazon, et essayent entre eux mille jeux folâtres.

(Edition Garnier frères).

Le grand âge de la poésie romaine, commence à sa mort, sous le règne d'Octave-Auguste.

II. Siècle d'Auguste.

Cet empereur lui-même paya tribut à la muse ; mais il mérita surtout des poètes par la protection qu'il leur donna.

La liberté romaine soumise à tant de périls dans les guerres civiles qui avaient ensanglanté la république durant la dictature de Sylla et durant les deux triumvirats, venait enfin d'expirer insensiblement sous les coups déguisés du neveu de César.

La liberté disparaissait ; mais les luttes intestines la suivaient pour un temps dans la tombe. Assez habile pour faire renaître l'ordre avec la sécurité, Auguste fut assez sensé pour protéger les lettres, et voiler le despotisme par les jouissances de la paix et des arts.

Il s'entoura d'une vraie cour de poètes, et l'on vit resplendir à l'aide de sa protection et de celle de son favori Mécène, les Varius, les Tucca, les Gallus, mais par-dessus ces poètes et d'autres de moindre renommée, le prince de la poésie latine, Virgile, Horace son rival, qui marcha noblement sur les traces de Pindare, Ovide dont la facilité est devenue proverbiale, Properce et Tibulle qui occupent la première place parmi les poètes érotiques.

Fidèle à son origine la poésie romaine continua à puiser dans les trésors amassés par la Grèce. Mais l'imitation devint libre, large, et par la manière nouvelle dont ils surent présenter les anciennes créations, les poètes latins méritent souvent d'être placés à côté de leurs modèles.

S'ils ont eu rarement le mérite de l'invention ; si l'on ne peut pas dire que le grand nombre ait atteint la perfection de forme que nous admirons chez les écrivains Hellènes, les écrivains de Rome méritent cependant de fixer plus particulièrement notre attention. Ils sont plus proches de nous ; leur génie est plus conforme au nôtre ; notre langue, notre civilisation nous viennent de la langue et de la civilisation romaines. Aussi il n'est aucun esprit cultivé qui n'ait lu et traduit les chefs-d'œuvre du siècle d'Auguste. Qui n'a admiré la douceur et l'harmonie des vers de Virgile, l'élégance et la finesse des odes ou des satires d'Horace ? Leurs œuvres sont connues de tous.

VIRGILE (70-18 *av. J.-C.*). — Virgile a tour à tour imité, dans ses *Bucoliques*, ses *Géorgiques* et son *Enéide*, Théocrite, Hésiode et Homère. Il a fait tout ce que pouvait un imitateur ; il a suivi de près et souvent égalé ses modèles ; on ne saurait dire qu'il ait surpassé aucun d'eux.

Les *Bucoliques*, malgré leur élégance et leur harmonie enchanteresse, n'ont pas encore cette grâce à laquelle la langue grecque se prête si merveilleusement dans les idylles de Théocrite. Elles sont pourtant, avec les *Géorgiques*, son œuvre la plus achevée sous le rapport du style et de la versification.

Les *Géorgiques* paraissent avoir été composées sous l'inspiration de Mécène qui voulait ranimer le goût des Romains pour les mœurs champêtres. Virgile mit tous ses soins pour faire ce poëme qui lui coûta sept années de travaux.

Les quatre premiers vers indiquent tout le plan de l'ouvrage. Virgile annonce qu'il va chanter les moissons, apprendre quel temps convient pour retourner la terre, pour marier les vignes à l'orme, quels soins exigent les troupeaux, et combien il faut d'industrie pour élever des abeilles.

Quid faciat lætas segetes, quo sidere terram
Vertere, Mœcenas, ulmisque adjungere vites
Conveniat : quæ cura boum, qui cultus habendo
Sit pecori, atque apibus quanta experientia parcis
Hinc canere incipiam.

C'est la matière de quatre livres. Il est difficile d'employer plus d'art dans la composition, plus de richesse dans le style que Virgile ne l'a fait pour cette œuvre didactique.

L'aridité du sujet disparaît sous le charme des vers et l'abondance et la variété des épisodes qui entretiennent l'intérêt et mettent la vie dans le récit.

Il trouve moyen de faire de son poëme une œuvre patriotique ; et des notes douces et riantes modulées sur le pipeau champêtre, il s'élève par moments aux accents les plus élevés et les plus solennels.

Il n'est pas jusqu'à ses tableaux des mœurs des abeilles qu'il n'ait l'art d'animer et d'agrandir en mettant la société de ces utiles insectes sur le même pied que les sociétés humaines. On y voit un gouvernement, des rois, des citoyens, une assemblée, des capitaines.

Tout se termine par la touchante histoire d'Orphée et d'Eurydice, où tous les âges ont pu admirer l'élégance et la sensibilité du chantre de Mantoue.

Les *Géorgiques* sont le chef-d'œuvre de Virgile. La composition en est de beaucoup supérieure à celle de l'Enéide. On sait que Virgile ne put mettre la dernière main à son épopée. Il voulut même la livrer aux flammes avant de mourir. Il eût ainsi perdu le fruit de douze années de travail. Heureusement pour la postérité Auguste s'y opposa. Tucca et Varius furent chargés de revoir l'œuvre, mais ils la respectèrent au point d'y laisser cinquante-deux vers inachevés.

Il n'est donc pas étonnant que la perfection de l'Enéide ne réponde point à celle des Géorgiques. L'épopée de Virgile se compose de douze chants. Les six premiers sont imités de l'Odyssée d'Homère ; le poète y raconte les aventures d'Enée depuis la chute de Troie jusqu'à son arrivée en Italie. Ce sont les plus admirés. Les six derniers rappellent au contraire l'Iliade. Il semble que Virgile, n'osant rivaliser avec le premier chantre de la Grèce, se soit borné, comme les abeilles dont il avait si bien décrit les mœurs, à choisir les plus belles fleurs, à butiner le suc le plus fin dans les vers de son illustre devancier.

Ce n'est donc point par l'invention que Virgile mérite d'être mis en regard d'Homère qui sera toujours le premier des poètes épiques, comme il a été le modèle de tous les autres. Bien que l'art du poète des Bucoliques se retrouve encore dans l'Enéide, surtout dans la première partie, l'intérêt ne s'y soutient pas jusqu'à la fin. Les derniers chants sont pâles auprès des premiers. C'est par la beauté des vers, par la grâce de la forme, que Virgile a excité cet enthousiasme qui n'a pas diminué depuis Horace jusqu'au Dante et aux hommes de nos jours.

On ne peut partager l'opinion de Properce qui annonçait au monde quelque chose de plus merveilleux que l'Iliade ;

Nescio quid majus nascitur Iliade,

Mais on n'admettra pas non plus, comme quelques critiques latins, et Macrobe en particulier, que Virgile soit un plagiaire.

L'unité du style, en effet, est remarquable d'un bout à l'autre du poëme, et c'est par le style que Virgile domine tous ses contemporains.

La mort surprit Virgile à l'âge de 52 ans, au retour d'un voyage qu'il avait fait en Grèce, l'an 736 de Rome. Il était né à Andes, petit bourg voisin de Mantoue. L'imagination populaire a entouré son berceau de fables merveilleuses. Il y a diverses traditions sur sa naissance. Elle fut très-obscure ainsi que les premières années de sa vie. Il paraît qu'il étudia d'abord les mathématiques et la médecine. Sa première églogue date de l'an 45 av. J.-C. Il avait alors 25 ans. Virgile avait aimé le calme et les plaisir des champs qu'il célébra.

Recherché d'Auguste auquel il ne ménagea pas la flatterie, il préférait vivre en province, et ne venait que fort rarement dans la ville impériale. Là pourtant il aurait rencontré des amis des Muses et les siens, rangés autour du favori d'Auguste.

Les lettrés chez Mécène. — Mécène s'était fait dans la cour même de César-Octave une petite cour de lettrés. On y lisait des vers (1). Plus sou-

(1) Ou du moins cela arrivait quelquefois. On se rappelle l'effet produit sur Auguste et sur Octavie par la lecture que leur fit Virgile

vent on y faisait l'éloge du maître et du ministre,
dont les faveurs en retour comblaient les vœux d'auteurs ordinairement avides et fort peu scrupuleux. La
position était très enviée, si l'on en juge d'après l'aventure qui arriva à Horace dans la voie sacrée. La
Fontaine nous donne à deviner quel était le caractère de cette petite académie dont Mécène était le
centre, quand il nous dit en vers bizarres, mais caractéristiques :

> Mécénas fut un galant homme;
> Il a dit quelque part : qu'on me rende impotent,
> Cul-de-jatte, goutteux, manchot, pourvu qu'en somme
> Je vive, c'est assez, je suis plus que content (1).

C'était là, en effet, le grand but des beaux esprits
du temps d'Auguste. Ils voulaient avant tout vivre
et jouir de la vie.

Le représentant le plus parfait de cette école, celui
qui devait en célébrer les maximes, l'Epicurien le
plus habile et le plus raffiné de la compagnie, qui
savait le mieux user des plaisirs avec sagacité, et
mettre comme il disait le *modus in rebus*, ce fut
assurément Quintus Horatius Flaccus :

Horace (64-7 *av. J.-C.*) — Gros, replet, bon vivant,
Horace portait sa vie et sa doctrine sur son visage.
Adulateur sans souci, impérialiste enthousiaste,
après avoir poussé l'ardeur républicaine jusqu'à porter les armes dans l'armée de Brutus, il célébrait
dans ses odes la philosophie du doute, la morale du

de son 6ᵉ livre de l'Enéide. Quand le poète lut le panégyrique du jeune
Marcellus, l'empereur et l'impératrice éclatèrent en sanglots.

(1) La Fontaine, fables, Liv. 1. *La mort et le malheureux.*

plaisir, en même temps qu'il excitait les Romains à l'exercice de la vertu, pour le salut de l'Empire et la plus grande gloire d'Auguste.

Puis il se moquait gaîment des malheureux qui n'avaient point de villa comme celle de Tibur, ou qui ne savaient pas comme lui ciseler lentement et patiemment les vers, à la manière d'Anacréon et d'Alcée.

Virgile avait mis quelque pudeur à parler de ses débauches, il les imputait à ses bergers. On a dit de lui qu'il était candide et chaste, et franchement on serait tenté de l'admettre à voir le sans-façon et le cynisme de son ami Horace. Celui-ci était admis dans l'intimité de Mécène ; tout fait croire qu'il était son privilégié. Malgré cela, il est bien extraordinaire que les critiques latins n'en fassent aucun éloge. Peu nous parlent de lui, et ce n'est qu'en termes presque indifférents. Ovide ne lui donne qu'un éloge insignifiant.

On pourrait l'attribuer à l'envie et à la rancune des auteurs critiqués ou malheureux, mais les siècles suivants sont aussi silencieux que le sien autour de son nom. Quintilien se contente de le mettre au-dessus de Lucilius.

Il en a été bien dédommagé par l'engoûment des modernes. Il ne faut cependant point trop charger Horace ; en vieillissant, devenu plus sage, ou sentant mieux le besoin de la vertu pour la durée des peuples, il se mit, dans ses *Epîtres* principalement, à enseigner une morale qui, pour rester facile, n'en était pas moins saine et raisonnable.

Horace était un observateur attentif et malin. Il connaissait les hommes, s'il ne soupçonnait pas leur sublime origine.

Ses *Epîtres* sont un chef-d'œuvre d'observations
fines, de comparaisons justes, d'images vives et
vraies. La versification en est simple, facile, en même
temps que concise et élégante. Le principal caractère
du talent d'Horace est l'habileté dans le choix et l'ar-
rangement des mots. Ses pensées sont le plus souvent ordinaires, son inspiration est quelquefois factice; il a plus d'art que d'enthousiasme dans ses odes,
mais il excelle à tirer d'une matière commune, une
œuvre admirable de grâce et d'élégance. Il cherche
les idées ; il est maître des mots.

Il les passe en revue, fait son choix, les tourne, les
retourne, les met à leur rang avec une telle exactitude, qu'on ne saurait les remplacer par d'autres ou
leur donner un ordre différent sans rompre l'harmonie de l'ensemble et le charme du détail. Nul n'a
poussé aussi loin cette domination sur la langue et
sur les mots.

« Jamais écrivain, dit Fénelon, n'a donné un tour
plus heureux à sa parole pour lui faire signifier un
beau sens avec brièveté et délicatesse. »

Horace sera rarement l'homme des jeunes gens et
des poètes enthousiastes ; il sera toujours celui des lettrés, des professeurs et des vieillards rassis par l'âge.

Il ne faudrait pas croire que ce raffinement de délicatesse dans le choix des expressions l'ait empêché
d'innover ou d'être quelquefois trivial. Il revendique
le droit de créer des mots nouveaux, et, par moments,
poussé par la corruption de son cœur, il devient assez
bas, assez grossier pour être répugnant. C'est ainsi
que se révélaient toujours les vices de la civilisation
païenne. Tout l'art des poètes et des rhéteurs ne
suffisait pas à les voiler.

Les œuvres d'Horace se composent de quatre livres d'*Odes*, du livre des *Epodes* suivi du *Poëme séculaire* composé par l'ordre d'Auguste, et que plusieurs regardent comme son chef-d'œuvre; de deux livres de *Satires*, deux livres d'*Epîtres*, et de son *Epître aux Pisons*, connue sous le nom d'*Art poétique*. Ce dernier ouvrage n'est pas une poétique complète, on lui préfère généralement le poëme de Boileau.

On a beaucoup discuté sur la nature et la réalité de cette Epître, qui compte près de cinq cents vers. Que ce soit une lettre ou un traité, Horace s'y est tenu aux préceptes principaux et aux lois générales de la composition et du style poétiques. Ce n'en est pas moins un livre composé avec ensemble et d'un travail soutenu. Les conseils que donne le poète de Venouse sont marqués à ce cachet de bon sens et de goût qui lui sont habituels. Il a tracé la voie à Boileau, qui lui doit de l'avoir surpassé.

Horace était né à Venouse, ville de la Pouille. Son père, affranchi qui ne possédait pas de grands biens, lui avait cependant fait donner une éducation distinguée. Il étudia à Rome et à Athènes. C'est dans cette dernière ville que Brutus l'enrôla comme tribun de légion. La campagne ne servit qu'à montrer son peu de bravoure. Plus tard, le poète voulut se railler de la lâcheté avec laquelle il avait jeté son bouclier, tandis que les plus braves préféraient la mort à une vie déshonorante. Ces plaisanteries sont de mauvais goût dans sa bouche, et ne servent qu'à prouver que la philosophie d'Epicure ne forme pas les beaux caractères.

Le poète de Venouse eût du moins ce qu'il désirait, une mort calme comme sa vie, un mois peut-être avant Mécène, l'an de Rome 746.

OVIDE (43 *ans av.* 17 *apr. J.-C.*) — La société romaine put un moment se consoler de la perte de son
satirique en lisant les poésies brillantes et faciles
d'un autre poète alors dans toute sa gloire. Ovide,
dont nous parlons, descendait d'une ancienne famille
de chevaliers. Il avait été favorisé de la fortune, et
son père le poussait au barreau, mais un penchant
irrésistible l'entraînait vers la poésie. Il y céda ; et
l'éclat, la facilité de son talent le firent rechercher
d'Auguste et de tout ce que Rome comptait alors de
noms illustres. Sa chute fut d'autant plus extraordinaire qu'elle fut plus grande et moins prévue.

A l'âge de cinquante ans, il fut relégué par Augute
aux bords du Pont-Euxin. La raison de cet exil est
restée un mystère. Du fond de son exil Ovide ne cessa
de regretter la patrie absente ; il ne sut pas toujours
supporter noblement son malheur. La postérité a pris
soin de recueillir bon nombre de ses poésies. Il est
le poète latin qui nous a laissé plus de vers, mais sa
licence, qui le fit chasser de Rome selon quelques-uns,
porte le même tort à ses ouvrages. Ovide, d'ailleurs,
qui est le plus abondant des poètes a les défauts de
sa qualité : il est loin d'avoir cette concision et cette
fermeté de style qui distinguent Horace et Virgile ;
son vers toujours coulant est quelquefois lâche et
diffus ; subtil, ingénieux plutôt qu'élevé, il cueille en
passant toutes les fleurs. Son élégance excessive
l'éloigne déjà de la pureté de son siècle. Le poète de
Sulmone n'était connu que par ses poésies érotiques,
lorsqu'il fût exilé ; ses *Métamorphoses* et son poëme
didactique des *Fastes*, qui sont aux yeux de la postérité ses meilleurs titres de gloire, n'avaient pas encore
été livrés à la publicité. Le poète les avait composés

à Rome, comme ses *Héroïdes* et toutes ses poésies légères. Ce fut dans l'exil qu'il fit les *Tristes* et les *Pontiques*, ouvrage où domine la personnalité de l'auteur, et qui se ressentent de son éloignement de la capitale et de la tristesse de son pays d'exil.

Les *Métamorphoses* sont un des monuments les plus curieux de l'antiquité. Toute la mythologie des Grecs et des Romains est développée sous la forme épique dans ces tableaux brillants placés à la suite les uns des autres comme dans une longue galerie. Rien n'en égale la richesse et l'élégante variété.

Ovide mourut durant son exil, à Tomes, sur le Pont-Euxin, l'an 17 de J.-C., à l'âge de 59 ans.

Il avait eu pour rivaux, dans la littérature molle et voluptueuse, deux de ses contemporains, Properce et Tibulle.

PROPERCE (52-12 *av. J.-C.*) Properce était né en Ombrie, 52 ans avant J.-C., d'après l'opinion la plus commune. Son père fût, dit-on, proscrit comme partisan d'Antoine et égorgé sur l'autel de Jules César. On ne sait comment concilier ce fait avec les louanges que le poète donne à César-Octave. Il est vrai que les vers de Properce sont de ceux qui révèlent une âme profondément corrompue et peu susceptible de sentiments d'honneur.

Nous avons de lui quatre livres d'élégies. Il s'était attaché à imiter les élégiaques grecs, et n'ambitionnait que le titre de Callimaque latin. Il aime à mêler la mythologie à ses amours qu'il peint avec emportement et énergie. Plus ferme, plus pénétrant que Tibulle, il est moins tendre, moins languissant et moins connu que son rival.

Tɪʙᴜʟʟᴇ (63 (?) 18 (?) *av. J.-C.*) — Né et mort avant lui peut-être, Tibulle était, ainsi que Properce, issu d'une famille de chevaliers. Il accompagna Messala qui soumit l'Aquitaine, un an après la bataille d'Actium. A Rome, il ne cessa de cultiver son amitié. Il se plaisait principalement dans la retraite de Pedum, entre Préneste et Tibur.

Quatre livres de ses élégies sont venus jusqu'à nous. Tibulle n'était pas un esprit inventif; ses sujets se ressemblent beaucoup, mais il sent profondément ce qu'il exprime, et son style est d'une douceur et et d'une mollesse aussi attachantes que dangereuses. Voici pourtant un morceau qui ne manque pas de force et d'énergie dans l'expression, si le sentiment en est peu belliqueux :

> *Quis fuit horrendos primus qui protulit enses?* (1)
> *Quam ferus et vere ferreus ille fuit!*
> *Tunc cædes hominum generi, tunc prælia nata;*
> *Tunc brevior diræ mortis aperta via est.*
> *At nihil ille miser meruit; nos ad mala nostra*
> *Vertimus, in sævas quod dedit ille feras.*
> *Divitis hoc vitium est auri; nec bella fuerunt,*
> *Faginus adstaret quum seyphus ante dapes,*
> *Non arces, non vallus erat; somnumque petebat.*

(1) Qui donc se servit le premier des épées terrifiantes, sinon un homme cruel, un homme vraiment de fer ? Alors la race humaine connut le carnage et la bataille; alors la mort farouche s'ouvrit une voie plus rapide. Mais l'inventeur de ces armes terribles ne mérite aucun blâme; c'est nous qui courons à nos maux, nous qui nous précipitons sur elles. La faute en est à l'or de la richesse. Il n'y avait ni guerres, ni citadelles, ni retranchements, quand les mets étaient accompagnés d'une coupe de bois. Le pasteur dormait tranquille au milieu du troupeau rassasié. Alors j'aurais vécu sans connaître les armes lamentables, sans entendre d'un cœur palpitant résonner la trompette. Maintenant je me traîne à la guerre, et déjà peut-être un ennemi porte un fer qui doit entrer dans ma poitrine!

Securus saturas dux gregis inter oves.
Tunc mihi vita foret, vulgi nec tristia nossem
Arma, nec audissem corde micante tubam.
Nunc ad bella trahor ; et jam quis forsitan hostis
Hœsura in nostro tela gerit latere.

DOMITIUS MARSUS. — A la suite des œuvres de Tibulle, quelques éditeurs ont joint des fragments qui nous restent d'un Domitius Marsus, son ami, que Martial place à côté de Catulle pour son talent dans l'épigramme. Beaucoup d'autres poètes acquirent une certaine réputation, comme il arrive à toutes les grandes époques.

L'histoire a conservé les noms d'un assez grand nombre ; la postérité n'a pas pris le soin de recueillir leurs œuvres.

PEDO ALBINOVANUS, AULUS SABINUS, GRATIUS FALISCUS. — C'étaient Pedo Albinovanus, dont il reste deux élégies sur Mécène et divers fragments, Aulus Sabinus, Gratius Faliscus, tous les deux amis et admirateurs d'Ovide, qui seul de son temps fait mention de Gratius et de ses ouvrages, beaucoup d'autres enfin qu'on ose à peine nommer lorsque l'on a parlé de Virgile et d'Horace.

CORNELIUS SEVERUS. — Nous n'oublierons pas cependant Cornelius Severus, dont le poëme sur l'*Etna* est demeuré entre nos mains ; MARCUS MANILIUS, auteur des *Astronomiques*, ouvrage inachevé, divisé en cinq livres, qui ne manque pas de mérite, et qui offre de l'intérêt à l'érudition.

GERMANICUS (17 *av.*, 19 *ap. J.-C.*) — Germanicus César fit aussi un poëme sur un sujet astronomique.

La gloire de Germanicus est grande : il battit les Germains et les Celtes, défit Arminius, refusa l'empire que lui offraient ses soldats, et, empoisonné par les ordres de Tibère, jaloux de ses exploits et de sa renommée, il mourut à trente-quatre ans, pleuré des peuples et des rois. Tacite a raconté ses guerres et célébré sa prudence et sa bravoure modestes dans des pages qui feront à jamais l'honneur du capitaine et de l'historien.

Dans sa jeunesse Germanicus se livra avec succès à la poésie. Ovide lui avait dédié ses *Fastes*. Ce fut alors qu'il traduisit en vers le poëme d'Aratus sur les constellations ; on a aussi de lui quelques épigrammes. Il mourut à Daphné, près d'Antioche, la 19e année de notre ère.

Œmilius Macer. — Il est digne de fermer le siècle d'Auguste; et si nous nommons Œmilius Macer, mort l'année même où naquit Germanicus, ce n'est que pour mémoire. Quinze vers seulement, épargnés par le temps, ne pourraient nous donner qu'une idée bien vague de ses talents poétiques qui ne furent pas bien remarquables au jugement des anciens. Ses ouvrages roulaient sur l'histoire naturelle.

———

III. Décadence.

Après Germanicus la décadence commence déjà. Il avait été beau pour Auguste de voir paraître sur la scène, dans l'espace d'un demi-siècle, tant de génies de tous les ordres. Mais Auguste, et avant lui Jules-César, en détruisant la République, en accoutumant les cœurs à supporter le joug, les avaient aussi accoutumés à se contenter de cette vie oisive et de cette molle corruption qui étaient déjà la plaie de l'Empire. La conquête du monde avait détruit l'esprit de la patrie ; il n'y avait plus de Rome, il n'y eût plus de poésie. Sous Auguste lui-même, alors que, la cause étant posée, les effets pernicieux ne se sont pas encore fait sentir, il est à remarquer que la littérature se distingue plus par l'élévation froide et la placidité sereine que par l'essor moral et le souffle de l'âme.

Née soudainement du choc des deux civilisations grecque et romaine, la poésie latine ne vécut que par l'imitation. Son déclin fut aussi rapide que son aurore avait été brillante. La corruption des mœurs, la cruauté, le mélange des races dans la capitale de l'univers ne permirent plus au génie de naître, à la langue de rester pure.

De temps en temps cependant, surtout dans les premiers siècles, de glorieux noms apparaissent comme des rayons lumineux dans les éclaircies d'un nuage.

PHÈDRE (30 *av.* 40 *ap. J.-C.* (?). — C'est ainsi que l'auteur qui sert de transition du siècle d'Auguste aux siècles suivants, Julius Phœdrus, est admiré de tous pour son style correct, simple, élégant et facile. Sa diction est restée pure et correcte, quoiqu'il écrivît sous Tibère. On croit qu'il était affranchi d'Auguste, et qu'il naquit en Thrace. Il vivait encore sous le règne de Claude. Nous avons de Phèdre quatre-vingt-onze fables dont quelques-unes sont imitées d'Esope. Le fabuliste ne vaut pas l'écrivain, malgré la véritable beauté de ses fables. Il ne se met pas comme La Fontaine à la portée de ses personnages, et sa concision le rend parfois obscur. Ses ouvrages ne furent retrouvés qu'au xvie siècle, dans une abbaye où ils étaient demeurés ignorés jusque-là.

Sénèque (3-68 *ap. J.-C.*) — La simplicité de style de Phèdre, fabuliste latin, contraste singulièrement avec l'affectation, la subtilité, l'emphase du seul tragique latin dont nous ayons les œuvres.

Dix tragédies de Sénèque sont venues jusqu'à nous : *Médée, Hippolyte, les Troyennes, Agamemnon, OEdipe, Thyeste, Hercule furieux, Hercule au mont Etna, la Thébaïde, Octavie*.

Ce Sénèque est-il le même que le philosophe, est-il un autre auteur contemporain de Trajan ? C'est une question controversée entre les érudits.

Comme drames, ces pièces ont assez peu d'importance : elles n'étaient point faites pour le théâtre. C'étaient des déclamations ampoulées sur les sujets traités par Euripide et par Sophocle. L'éloquence et l'élévation de quelques passages ne rachètent pas la recherche et le mauvais goût du reste.

Les auteurs modernes ont profité pourtant de la connaissance des ouvrages de Sénèque.

« Les heureux larcins qu'on lui a faits, dit La Harpe, font voir que, comme poète, il n'est pas indigne d'attention et de louange, mais le peu de réputation qu'il a obtenue en ce genre, et le peu de lecteurs qu'il s'est acquis prouvent assez que ce n'est pas le mérite de quelques traits semés de loin en loin qui peut faire vivre les ouvrages, et qu'il faut élever des monuments durables pour attirer les regards de la postérité (1). »

(1). Lycée.

Pomponius Secundus. — Un des contemporains de Sénèque, Pomponius Secundus, a reçu à tort ou à raison de grands éloges de Pline le Jeune et de Quintilien. Il est à croire que l'amitié fut pour beaucoup dans ces appréciations favorables, dont nous ne pouvons point juger la justesse faute de documents assez étendus. Il se fit connaître au temps de Caligula et de Claude.

On pourrait ajouter à ce nom d'autres encore moins connus, mais ce serait une nomenclature aussi aride qu'inutile. Comme le dit Quintilien, la tragédie fut l'écueil des Romains; ils furent plus fortunés en abordant le genre épique. Après Virgile, la littérature de l'empire put se glorifier de plusieurs grands poëmes.

Lucain (33-66 *ap. J.-C.*) — Ce fut d'abord Lucain, qui entreprit de célébrer la guerre civile où César et Pompée luttèrent pour se disputer le génie et la puissance.

La *Pharsale* du poète de Cordoue n'est pas l'épopée véritable dans le sens qu'on lui donne généralement. L'auteur était trop voisin des événements qu'il racontait pour leur donner ce cachet de merveilleux qui plaît tant dans les poëmes d'Homère.

Le scepticisme avait trop envahi les âmes pour n'avoir pas tari la source de l'enthousiasme religieux si nécessaire au chantre qui publie les relations des dieux et des hommes. Aussi, malgré les ressources d'un génie véritablement admirable, Lucain n'a-t-il produit qu'une œuvre froide et déclamatoire. La déclamation était de son temps; elle convenait au caractère de la philosophie stoïcienne, dont il était un disciple zélé. D'ailleurs Lucain fut ravi jeune à la vie, à vingt-sept ans. Il était difficile qu'à cet âge, dans le milieu de corruption intellectuelle et morale où il vivait, il pût monter sur les hauteurs où dominaient Homère et Virgile.

Malgré ces désavantages et ses défauts, la *Pharsale* est un des monuments qui honorent l'esprit humain.

«Plein d'un feu impétueux, tout brillant de pensées,» selon l'expression de Quintilien, Lucain est encore plein de profondeur, d'élévation énergique et grave.

La cause de sa mort exciterait la pitié pour cet infortuné poète, si Tacite ne nous rapportait un acte de lâcheté presque incroyable de ce stoïcien de génie, neveu de Sénèque et disciple de Cornutus. Pour échapper à une mort que lui valait l'envie de Néron, il se fit le délateur de sa mère.

Il n'y gagna que le choix du supplice, et alors, s'étant fait ouvrir les veines, il expira dans le bain en récitant des vers.

SILIUS ITALICUS (25-100 *ap. J.-C.*) — Un autre poète délateur, si l'on en croit Pline le Jeune, fut Caius Silius Italicus, qui joua un rôle odieux sous le même Néron.

Brillant orateur, consul l'an de Rome 821 (68 *ap. J.-C.*), acquéreur de la maison de Cicéron à Tusculum, de la villa de Virgile près de Naples, Silius Italicus était né sous Tibère, et fleurit pendant les règnes de Néron et de Vespasien.

Il composa sur la seconde Guerre punique, un poëme en 17 chants, intitulé *Punica*.

Ce poète est plus naturel et plus vrai que Lucain; mais l'invention lui fait défaut. Inégal et sans vigueur

3**

dans son style, il n'échappe point au mauvais goût de son temps, à la recherche du bel esprit et des ornements de rhétorique. Son poëme est l'œuvre d'un érudit plutôt que d'un poète ; il manque d'inspiration.

STACE (61-96 *ap. J.-C.*) — Plus célèbre et plus digne de l'être, Publius Popinius Statius fut un moment l'oracle des Romains. Naples et Velie, dans le pays dès Lucaniens, se sont disputé l'honneur de lui avoir donné le jour. Son père, maître de Domitien, parvenu sous ses auspices à de grands honneurs, était un homme versé dans la langue grecque et la langue latine, et qui avait composé de nombreux ouvrages en prose et en vers. Le fils ne fut pas indigne d'un tel père.

Il jouit également de la faveur de Domitien. Avec beaucoup d'esprit, une imagination vive et brillante, Stace était plutôt improvisateur qu'écrivain.

Ses *Silves* sont des pièces de circonstance dont le mérite est surtout dans la forme.

Il composa pourtant un poëme épique, la *Thébaïde,* et en commença un autre, l'*Achilléide,* qui fut interrompu par sa mort.

Le sujet de la *Thébaïde* est la guerre intestine des deux fils d'Œdipe et la prise de Thèbes par Thésée. Ce poëme n'a pas un grand mérite d'invention ; les divinités n'y jouent qu'un rôle secondaire ; et l'auteur a suivi l'histoire. Mais on y rencontre souvent de la belle poésie, des détails pleins de richesse, des peintures animées, des descriptions et des épisodes qui ne laissent pas que d'intéresser.

Il avait voulu imiter Virgile dans son style, mais

il a tous les défauts de son temps, et l'on est obligé de convenir qu'il avait raison quand il s'écriait en terminant son ouvrage :

Nec tu divinam Œneida tunta,
Sed longe sequere, et vestigia semper adora.

VALERIUS FLACCUS *(88 ap. J.-C.)* — Un autre poète épique de la même époque n'a pas été plus heureux en essayant de marcher sur les traces du poète de Mantoue. Son poëme, imité des *Argonautiques* d'Apollonius de Rhodes, n'est cependant pas à dédaigner. Les épisodes y sont très-peu multipliées; le style en est quelquefois obscur, mais lorsque Valérius s'abandonne à sa propre inspiration, le vers s'élève, et l'on reconnaît la poésie. Son poëme inachevé s'arrête au milieu du 8e chant.

Issu de la noble famille de Valerius Publicola, lié par l'amitié à Vespasien et à Titus, Flaccus a honoré son caractère en ne prodiguant point de bas éloges à Domitien comme ses contemporains Martial, Stace et Silius Italicus. Il était né à Padoue on ne sait en quelle année, et mourut vers la fin du Ier siècle. Quintilien a dit de lui : *Multum in V. Flacco nuper amisimus.*

Cet éloge rend au moins singulier le conseil que Martial donnait à son ami d'abandonner les Muses pour le barreau.

MARTIAL (40...) — Martial était alors recherché pour l'enjouement de son caractère et la facilité de son esprit. .

Il semble nous l'apprendre lui-même dans ces distiques pleins de grâce et de facilité où nous voyons aussi quelle était alors la vie d'un poète dans la capitale de l'empire : (1)

Sol ridet, vestitur humus, vestitur et arbor,
Et tumido gemmas cortice palmes agit.
Carmina quœ vatum, quales mihi Roma camenas
Abstulit! O valles! O tunicata quies!
O nemus! O fontes! solidumque madentis arenœ
Littus, et œquoreis splendidus Anxur aquis!
Quos habet optatos Campania lœta recessus,
Et dulces Baias littoreamque domum,
Et quod inhumanœ, Cane refervente, cicadœ
Non movere nemus, flumineosque lacus,
Dum colui, doctas tecum celebrare vacabat
Pieridas; nunc me maxima Roma tuit.
Hic mihi quando die meus est? Jactamur in alto
Urbis, et in sterili vita labore perit.
Quod mihi vix unus toto liber exeat anno,
Desidiœ tibi sum, Quintiliane reus;
Justius at quanto misere, quod exeat unus,
Labantur toti quum mihi sœpe dies!
Nunc resolutantes video nocturnes amicos;
Nunc me prima sibi, nunc sibi quinta rapit;

(1) Le soleil rit, la terre et les arbres se revêtent. Les bourgeons de la vigne poussent l'écorce gonflée. Quels vers, quelle poésie m'enlève Rome! O vallées! O repos des champs! O forêts! O fontaines! Sables humides du sûr rivage! Et toi, Anxur, qui resplendis dans tes eaux de marbre! Tant que j'ai fréquenté les retraites aimées de la gaie Campanie, le doux port de Baies et la demeure du rivage, le bois que ne troublent pas pendant la canicule les ennuyeuses cigales, les lacs aux limpides eaux, j'eus le loisir de célébrer les doctes Muses; maintenant la grande Rome mine mes jours. Quand en ai-je un seul à moi? Nous sommes jetés dans le tourbillon de la société, et la vie se consume en occupations stériles. Tu m'accuses de nonchalance, Quintilien, parce qu'à peine en un an je fais paraître un livre; que bien plus justement tu t'étonneras que j'en produise un seul, quand je perds tant de jours. Tantôt de nuit je reçois les salutations de mes amis. Chacun me ravit à ses heures. Maintenant c'est le consul ou le préteur ou les applaudissements du théâtre qui me retiennent. Souvent on écoute le poète tout un jour. Tu ne peux impunément refuser de te faire entendre à un avocat, à un rhéteur ou à un grammairien. Arrivent ensuite les bains, les repas et les longues conversations intimes.

Nunc consul, prœtorve tenet, plaususve theatri.
Auditur toto sœpè poeta die.
Sed nec causidico possis impune negare,
Nec si te rhetor grammaticusve rogant.
Balnea post decimam, cœnœ longique susurri.
Quando igitur fiet, Quintiliane, liber ?

Martial naquit à Bilbilis, en Espagne, vint à Rome où il vécut sous les empereurs qui se succédèrent de Néron à Trajan, et s'en alla mourir dans sa patrie. On pense que sa mort arriva dans les premières années du second siècle.

Martial a fait des épigrammes vives, spirituelles ; son style est plus pur que celui de ses contemporains, mais il n'est pas toujours à la hauteur de lui-même, et l'on ne saurait lui pardonner ni l'obscénité d'un grand nombre de ses pièces, ni les basses flatteries qu'il fit à Domitien.

Beaucoup de poètes français lui ont emprunté des épigrammes, témoin la suivante de Lebrun :

Lambin, mon barbier et le vôtre,
Rase avec tant de gravité
Que, tandis qu'il rase d'un côté,
La barbe repousse de l'autre.

L'esprit de satire qu'on trouve dans une partie des compositions de Martial recevait, dans le même temps, un caractère nouveau et une forme toute différente dans les écrits de deux poètes exclusivement satiriques : Perse et Juvénal.

PERSE (34-62). — Aulus Persius Flaccus, né à Volaterra, l'an 34 de J.-C., se forma à l'école du stoïcien Annœus Cornutus, où il eût pour condisciple le poète Lucain. Il fréquenta Sénèque et d'autres illustres philosophes.

La lecture de Lucilius et son dégoût pour la corruption de ses contemporains lui inspira le dessein de composer des satires,

Il était jeune, beau de visage, d'une vie sobre et régulière, plein d'attachement pour sa famille. Avec un tel caractère et un vrai talent pour la poésie, Perse devait réussir dans cette satire forte et nerveuse qu'il substitua à la raillerie spirituelle et sceptique du protégé de Mécène.

Malheureusement il mourut jeune ; son talent sans doute n'était pas développé, et la nature des doctrines stoïciennes aidait à exagérer les défauts de son goût, car on lui reproche avec beaucoup de raison une précision affectée qui le rend le plus obscur des poètes.

Boileau a résumé le jugement des critiques quand il a dit :

Perse en ses vers obscurs, mais serrés et pressants,
Affecta d'enfermer moins de mots que de sens.

Mais on doit ajouter à son honneur que la satire chez lui demeura générale et que son pinceau fût toujours chaste.

JUVÉNAL (42-123 ap. J.-C.) — On n'en peut dire autant de son rival illustre, Decimus Junius Juvenal. Un de ses caractères est précisément l'agression personnelle. Il peignit le vice avec si peu de ménagement que plusieurs ont voulu douter de la vérité de son indignation. On a dit que c'était par tempérament plutôt que par raison qu'il faisait le critique.

Malgré la crudité répréhensible de ses expressions et de ses images, nous ne ferons pas cette injure à celui qui a marqué la corruption romaine d'un sceau qui ne s'effacera jamais.

Nous répéterons ces paroles de Marmontel : « Juvénal, doué d'un naturel ardent, d'une sensibilité profonde, a peint le vice avec indignation. Véhément dans son éloquence, plein de chaleur et d'énergie, ce serait le modèle des satiriques s'il n'avait été déclamateur. » (1).

C'est là en effet le grand défaut de Juvénal. Il passa un long temps dans les écoles des rhéteurs, et prit d'eux le goût de la déclamation. Les seize satires qu'il nous a laissées n'en sont pas moins des chefs-d'œuvre d'éloquence et de poésie.

La *Satire* x^e, par ses considérations philosophiques sur la Providence, est peut-être le morceau le plus remarquable que nous ait légué l'antiquité dans ce genre.

Juvénal, âgé de quatre-vingts ans, mourut en Egypte où on l'avait exilé sous le prétexte dérisoire de lui donner le commandement d'une cohorte. Il était né à Aquinum, dans le pays des Volsques. On a peu de notions sur sa vie. Il commença à écrire sous Domitien.

SULPITIA. — Ce fut sous ce règne aussi que vécut une dame romaine nommée Sulpitia dont il reste une satire de soixante-dix vers contre l'édit de Domitien qui chassa les philosophes. Cette pièce malgré ses défauts est un monument précieux.

PÉTRONE. — On peut en dire autant du roman obscène de Pétrone, auteur sur la naissance et le

(1) Cours de littérature.

pays duquel on n'est pas suffisamment renseigné.

Son roman est mêlé de vers, et l'on a de lui plusieurs fragments poétiques.

Il se distingua en même temps par son esprit et par son libertinage.

C'est peu pour tenir le sceptre de Virgile qu'un romancier licencieux et d'un infâme caractère. Pourtant au milieu de cette boue on rencontre quelques fleurs perdues; la langue latine, malgré une évidente décadence, est encore assez proche du siècle d'Auguste pour avoir souvent des restes de noblesse et de beauté.

L'époque comprise entre la mort d'Auguste et celle de l'empereur Adrien, bien qu'elle soit une période de déclin, nous montre de vrais poètes dont la célébrité n'a pas été usurpée. Lucain, Stace, Perse, Juvénal, sont dignes de notre vénération et de nos hommages.

Après Juvénal, la lignée des hommes de génie semble arrivée à son terme dans le paganisme romain. A peine, parmi les poètes qui paraissent jusqu'à la destruction de l'Empire, deux ou trois noms sont-ils un peu connus; les autres sont à jamais ensevelis dans l'oubli.

PRISCIEN, AVIÉNUS, NÉMÉSIEN, CALPURNIUS. — Quelques-uns n'ignorent pas les noms de Priscien et d'Aviénus, qui firent du temps de Juvénal dans des poèmes didactiques la description de la terre; celui de Calpurnius et de Némésien, poètes bucoliques du IIIᵉ siècle, dont le premier, originaire de la Sicile, comme Théocrite, a su mettre dans ses écrits une grâce et une élégance dont il faut lui tenir compte.

Nous avons de Némésien un poëme de la chasse peu intéressant.

CLAUDIEN (365-408). — On trouve encore à Claudien, né à Alexandrie, en Egypte, le sentiment vrai de la poésie, et au milieu d'un style monotone et déclamatoire, des passages remarquables par l'élévation.

Ses contemporains eurent pour lui une grande vénération et lui élevèrent une statue. On ne lit plus guère ses ouvrages; mais c'est encore un honneur pour lui que quelques-uns les parcourent.

Poëme sur la médecine. — PROBA FALCONIA (4e siècle). — Car qui sait seulement les noms de Quintus Serenus Sammonicus, auteur du IIIe siècle, qui a laissé un poëme sur la médecine; de Rutilius Numatianus, qui composa sous Honorius un ouvrage intitulé : *Itinéraire;* de Proba Falconia, dame du même temps, qui se donna la peine de mettre un sujet chrétien en vers païens en faisant avec des vers de Virgile l'histoire de l'ancien et du nouveau Testament?

Cette dame avait composé d'autres poésies qui sont perdues; mais on peut juger de leur valeur par la futilité du morceau qui nous reste. Cette création toutefois nous avertit que le christianisme a pénétré dans la littérature romaine. L'idée nouvelle, empêtrée dans la forme classique, ne se dégage pas bien dès le commencement.

AUSONE (309- *vers* 392). — De même que Proba, Ausone, poète célèbre du IIIe siècle, mêla de telle sorte l'idée païenne à la foi nouvelle, que l'on a voulu contester son christianisme. Ausone naquit à Bordeaux l'an 309 de notre ère et se distingua dès sa jeunesse par sa facilité étonnante. Professeur dans sa ville natale, il fut chargé de l'éducation de Gratien et de Valentinien II, parvint au consulat dans l'année 379, et fut ensuite proconsul en Asie. Il revint finir ses jours à Bordeaux, et s'éteignit vers la fin du iiiie siècle. Il reste une grande partie de ses œuvres, qui furent nombreuses ; on y trouve de l'esprit et de la facilité ; il abuse ordinairement de l'un et de l'autre. Comme Proba Falconia et d'autres auteurs de son temps il fit un *Centon nuptial*, composé de fragments divers de Virgile. Son chef-d'œuvre est un petit poëme sur la Moselle. Il excellait dans la description, mais il dépensait bien de l'esprit à des subtilités ridicules, et ne respectait pas toujours la décence. Il fut chrétien, sans doute, mais sa poésie ne fut pas chrétienne.

La poésie chrétienne a sa source dans la foi. Elle fut créée par les héroïques martyrs qui chantaient avant de se dévouer à la mort les psaumes de David et les hymnes de l'Eglise.

Ce sont les auteurs des hymnes qui ont créé la poésie chrétienne; elle prit naissance longtemps avant Ausone, dans les basiliques et dans les catacombes. Mais en sortant du temple de Jésus-Christ, le poète chrétien, comme Ausone, avait le tort d'oublier l'esprit de Dieu pour invoquer la muse païenne, et, tandis que l'éloquence fut illustrée jusqu'au ve siècle par les grands noms de Tertullien, de Lactance, d'Ambroise, de Jérôme et d'Augustin, il faut descendre au ive siècle, quelque temps avant la chute de l'Empire et l'abaissement de la langue, pour trouver quelques poètes chrétiens qu'on puisse nommer avec éloge.

PAULIN DE NOLE (353-431). — C'est alors que fleurit saint Paulin de Nole, né vers l'an 353, et formé par Ausone, auquel il fut inférieur comme poète. L'esprit chrétien venait trop tard pour animer la poésie ; l'instrument était usé, la forme avait perdu sa beauté, on ne sut plus la lui rendre. Pourtant on peut voir dans la correspondance poétique entre Ausone et saint Paulin, combien celui-ci avait plus de souffle et d'ardeur que son maître, et combien l'esprit de l'Evangile recélait de force pour animer la poésie quand elle aurait une langue parfaite à son service. Après être tombé entre les mains des Goths, qui prirent sa ville épiscopale de Nole, saint Paulin mourut l'an 451, vénéré des peuples, et emportant dans la tombe le renom de sainteté qui valait mieux que celui de grand poète.

PRUDENCE (348...) — En même temps que lui se distinguait dans la poésie lyrique et didactique Aurélius Prudentius, né en Espagne. Ses hymnes sont surtout célèbres. Il composa plusieurs poëmes, entre autres deux que nous possédons encore, et dont le premier traite de Dieu, le second de l'âme humaine et de ses luttes. Son œuvre principale est un poëme en deux livres contre Symmaque. C'est une poésie inspirée par l'indignation et alimentée par la lutte. Prudence raille et combat avec amour pour la foi et rencontre souvent des pensées magnifiques. — Ses hymnes, dont quelques-unes sont de longs poëmes lyriques, s'élèvent parfois à la plus grande hauteur, et font regretter que l'auteur chrétien n'ait pas vécu dans un des grands siècles littéraires.

SAINT PROSPER (Vᵉ *siècle*). — Ce caractère de force, d'énergie et d'indignation, imprimé par la lutte aux écrits d'Aurèle Prudence, se retrouve dans tous les écrits de son contemporain, saint Prosper d'Aquitaine. Saint Prosper, admirateur de saint Augustin, voulut le soutenir dans ses combats contre les Pélagiens et les Semi-Pélagiens. Son poëme sur la *Grâce*, rude et énergique, est plein de véhémence, de puissance et d'éclat. On entend vraiment parler un poète, et c'est le dernier qui combattra pour l'Eglise dans cet empire romain qui a soumis le monde. L'Empire lui-même va s'écrouler, il est miné par la corruption; les barbares n'auront plus qu'à le secouer pour qu'il s'en aille en poudre. Au temps de l'invasion, dans les années mêmes de la chute, le christianisme donnera encore un poète à l'Empire, mais il ne chantera plus les destinées de Rome, et ne dira plus comme Virgile : *Tantœ mollis erat romanam condere gentem.* »

SAINT SIDOINE APOLLINAIRE (Vᵉ *siècle*). — Ce poète est le gaulois Sidoine Apollinaire, évêque d'Auvergne en 471. Sidoine naquit à Lyon en 420. Préfet de Rome et gendre de l'empereur Avitus, il abandonna les muses païennes quand il eut assisté aux dernières convulsions de l'Empire. Il composa alors quelques poésies chrétiennes. Faible versificateur, fidèle à la forme païenne, Sidoine Apollinaire fut rarement un poète sérieux. Il aimait les jeux de mots comme les beaux esprits de son temps, et lorsqu'il voulut être poète chrétien, malgré sa sainteté et son désir sincère, il ne put se détacher de ses anciennes habitudes et de son art primitif; sa lyre n'eût jamais d'inspirations sublimes. C'était l'écho mourant d'une poésie éteinte. — L'Empire avait cessé d'exister ; la langue de plus en plus altérée par la ruine des écoles et le mélange des idiomes recula de huit siècles en arrière. C'en était fait de la langue latine comme langue littéraire ; elle resta le patrimoine des savants. Quand les poètes useront maintenant de sa prosodie, ils ne parleront plus dans leur langue.

FORTUNAT (*VIe siècle*). — Si au vi^e siècle l'Italien Fortunat, errant dans les Gaules, fait entendre encore des accents sublimes dignes d'être répétés par la postérité, comme le *Vexilla regis prodeunt*, c'est une âme égarée au milieu d'un monde étranger pour elle, un chrétien, un saint, faisant retentir des hymnes latines aux oreilles des barbares. Rome n'était plus ; sa littérature était morte, et la langue de l'avenir était la langue des Francs.

FIN DE LA TROISIÈME PARTIE

4

QUATRIÈME PARTIE

POÉSIE FRANÇAISE

I. MOYEN-AGE

Formation de la langue. — La langue latine s'était répandue dans les Gaules après la conquête de Jules César. Entre tous les peuples de l'Occident les Gaulois se distinguèrent par leur aptitude pour les arts et pour les lettres. Ils donnèrent à Rome de nombreux jurisconsultes, des rhéteurs, des poètes et plusieurs empereurs. La Gaule était la plus magnifique province de l'Empire. Les barbares s'y précipitèrent avec fureur, la ravagèrent dans tout les sens, et bientôt d'une civilisation si splendide il ne resta plus que le souvenir.

Au milieu des désordres de l'invasion, les écoles se fermèrent. En dehors des cloîtres, nul ne sut plus apprendre et observer les règles du langage. La grammaire elle-même fut oubliée dès le vie siècle, les solécismes et les mots barbares se multiplièrent à un tel point, qu'il ne restait plus des mots latins qu'un radical plus ou moins compris de tous, et des désinences qui variaient de ville en ville, d'année en année, et ne formaient plus qu'un amas d'idiomes confus et incorrects. Nul ne pouvait avoir la tentatio d'écrire dans un langage qui ne lui eût été commun avec personne.

La langue nationale s'était du reste appauvrie en s'éloignant de sa source.

Peu à peu, cependant, le nouvel idiome se régularisa; il prit des caractères déterminés, des désinences uniformes. Il se sépara alors en deux branches principales, selon que les peuples qui le parlaient étaient plus ou moins proches de la Germanie, et avaient plus ou moins subi l'influence des barbares. Au nord de la Loire, on parla un langage qui s'écarta complétement du latin; au sud on s'éloigna moins des origines; quelques changements de lettres seulement témoignaient que les mots avaient perdu leurs formes primitives. Le premier idiome fut moins doux, moins harmonieux; il se développa moins rapidement parce qu'il était plus nouveau; mais il fut plus ferme, plus énergique, plus concis, plus distinct du latin et par cela même plus propre à former la langue qui convenait à une nation et à une civilisation nouvelles. C'est à lui qu'appartenait l'avenir.

On appela l'idiome du nord, la langue d'Oil ou le roman wallon; celui du midi la langue d'Oc, ou le roman provençal.

Poésie provençale. — *Les Troubadours*. — La Provence, en effet, fut le ciel enchanteur sous lequel porta ses plus beaux fruits la littérature méridionale. Cette littérature n'a produit que des poètes, et presque toute leur poésie fut lyrique. Elle commença à briller vers la fin du xie siècle et le commencement du xiie avec Guillaume IX, comte de Poitiers. Après lui, Bernard de Ventadour, Bertrand de Born et Arnauld Daniel, furent les plus illustres troubadours. Bertrand de Born se distingue par une impétuosité chevaleresque et un accent guerrier qui l'ont fait appeler le Tyrtée du moyen-âge.

Giraud de Bermil, né dans la vicomté de Limoges, et Giraud Riquier donnèrent encore un instant de lustre à cette littérature harmonieuse et pleine d'art, mais frivole et sans fondement solide : puis elle disparut pour jamais, après deux siècles de splendeur, épuisée faute d'aliments sains et fortifiants, étouffée dans la guerre des Albigeois qui détruisit toute distinction politique entre le nord et le midi de la France.

La féodalité reconnaissait maintenant la suzeraineté du roi de France. La monarchie n'était plus un vain mot. Le nord avait le sceptre et la domination. La langue wallonne eut les destinées de la royauté.

Littérature wallonne. — *Les Trouvères.* — La littérature du nord était toute différente de celle que l'on tenait en honneur aux cours du roi d'Arles et du comte de Provence. Là les poètes s'appelaient trouvères ; c'est-à-dire trouveurs, inventeurs. Ils ne brillaient cependant point par l'invention.

La plupart du temps, ils se contentaient de rimer les récits de combats et de batailles, auxquels ils ajoutèrent bientôt toutes les fables créées par l'imagination populaire. Ce fut l'origine des romans du moyen-âge.

Les romans. — Deux grandes traditions dominaient les autres, parce que deux grandes races occupaient le nord de la France ; la race normande, qui s'était établie dans un coin de la vieille Gaule et était passée de là dans la Grande-Bretagne, et la race primitive des Francs qui dominait dans l'est et dans les pays au nord de la Loire.

Cycle normand. — Les Normands, vainqueurs des Anglo-Saxons, recueillirent les traditions populaires des Bretons, dont ils prétendaient relever l'étendard. Ces traditions faisaient remonter la dynastie bretonne à Brutus ou Arthus, arrière-petit-fils d'Enée ; ce fut la source des romans de la *Table-Ronde*, parce que le roi Arthus était entouré de douze chevaliers, qu'on a appelés les chevaliers de la Table-Ronde.

Robert Wace, né dans l'île de Jersey, et Chrestien de Troyes, venu plus tard, se rendirent célèbres au xiiᵉ siècle, pour le nombre et l'importance de leurs romans. Le roman de *Brut,* qui renferme plus de 1,500 vers est du premier auteur ; le *Saint-Graal, Lancelot du Lac*, dont la réputation fut universelle au moyen-âge, sont attribués au second.

Cycle franc. — Les Francs, au contraire, s'emparèrent de la légende de Charlemagne, singulièrement défigurée dans le cours des âges.

Ce cycle poétique eut pour principaux représentants Huon de Villeneuve, contemporain de Philippe-Auguste, et dont tout le monde connaît les *Quatre Fils Aymon* ; Turold, poète normand à qui l'on attribue la *Chanson de Roland* et la *Bataille de Roncevaux* ; Adenez le Roi, qui composa le roman de *Berte aux grands piés* et plusieurs autres ouvrages.

La fécondité de ces auteurs paraîtrait prodigieuse si l'on ne savait qu'ils puisaient avec abondance dans les fictions inventées par le peuple.

La *Chanson de Roland* est demeurée célèbre entre tous les chants de gestes de cette époque. Moins variée, moins imagée, moins splendide que les poëmes d'Homère, elle renferme des passages sublimes, et serait encore lue de tous, si elle était écrite dans un langage moins vieilli et plus compréhensible.

Après avoir défrayé assez longtemps l'imagination populaire, les fictions du cycle carlovingien s'épuisèrent à leur tour. Elles furent remplacées par d'autres fables où l'on mêla l'antiquité et surtout les souvenirs d'Alexandre et de la guerre de Troie. C'est une décadence, car la légende nationale était abandonnée, et la fausse érudition remplaça l'inspiration naturelle et si naïve des premiers poètes.

Les romans se remplirent d'allégories obscures qui jouèrent le rôle de la mythologie antique, s'imposèrent aux esprits comme elle, mais n'en eurent ni la vie, ni la grâce. La poésie épique, empêtrée dans ce bagage pédantesque, ne sut pas s'en débarrasser et ne put que mourir. En dehors du poëme bizarre et ridicule, malgré quelques beautés passagères, du *Roman de la Rose*, cette époque ne produisit aucune œuvre durable.

GUILLAUME DE LORRIS (*XIIIe siècle*). — Ce roman est, du reste, un résumé des connaissances des poètes du XIIIe et du XIVe siècle. Commencé par Guillaume de Lorris, il fut continué par divers romanciers entre lesquels Jehan de Meung fut le plus remarquable.

JEHAN DE MEUNG. — Jehan de Meung n'appartient déjà plus au moyen-âge ; c'est un clerc de l'Université, licencieux et subtil, qui fait grand étalage de science.

Une des causes de cette décadence est dans les troubles qui agitèrent la France au xıvᵉ siècle. D'ailleurs l'art commençait à demander au théâtre une nouvelle voie.

Commencements du Théâtre français. —

Mystères, moralités, sotties. — On vit se former dans les premières années du xvᵉ siècle ces confréries, dont les unes représentaient les *mystères* du christianisme, les autres des *moralités* et des *sotties*. Les premières furent instituées dans un but tout à fait religieux ; mais elles s'en éloignèrent souvent, et ne rencontrèrent point d'esprits capables de créer la tragédie française.

L'association des *Enfants sans soucis* fut plus heureuse. La poésie populaire ou satirique plaisait mieux à l'esprit français « né malin», comme l'a dit Boileau. Au moyen-âge les tendances satiriques de la nation s'étaient manifestées dans le fameux *Roman du Renard*, critique des abus du temps, imitée par de nombreux auteurs ; la poésie populaire s'était d'abord révélée dans les *fabliaux*, poésies qui ne manquent pas d'intérêt, même de nos jours. Les *Enfants sans soucis* furent les héritiers de cet esprit. Ils rencontrèrent beaucoup de traits d'un vrai comique. La farce de *Maître Pierre Pathelin* a la fortune de dérider encore. Le malheur de toutes ces pièces est de manquer d'ordre, de proportion, et d'être démesurément longues. Le drame dut attendre le xvıᵉ siècle pour devenir un art. Entre cette époque et le moyen-âge, on rencontre au xvᵉ siècle deux poètes qui, sans appartenir encore à la littérature moderne, se détachent cependant de l'école précédente.

La langue n'est pas encore formée ; elle n'a pas été revêtue de la dépouille des Grecs et des Latins, mais Charles d'Orléans et Villon, l'un grand seigneur, l'autre plébéien de la dernière espèce, sont les précurseurs de l'âge qui va paraître.

CHARLES D'ORLÉANS (*XVᵉ siècle*). — La poésie de Charles d'Orléans n'est pas déchargée du bagage allégorique du xvᵉ siècle, mais on y reconnaît l'influence de l'italienne Valentine de Milan, sa mère. Elle est gracieuse, délicate, pleine d'enjouement, et ne manque point d'élégance.

Voici une petite pièce qui révèle un certain art et de la facilité :

> Le temps a laissé son manteau
> De vent, de froidure et de pluye,
> Et s'est vestu de broderie,
> De soleil rayant cler et beau.
>
> Il n'y a beste, ne oiseau,
> Qu'en son jargon ne chante ou crye :
> Le temps a laissé son manteau
> De vent, de froidure et de pluye.
>
> Rivière, fontaine et ruisseau
> Portent en livrée jolye
> Gouttes d'argent, d'orfaivrerye ;
> Chacun s'habille de nouveau ;
> Le temps a laissé son manteau.

Poëtes divers du Moyen-âge. — Charles d'Orléans surpasse de beaucoup dans la poésie lyrique ses devanciers du moyen-âge : Quesne de Béthune, Thibaut, comte de Champagne, le trouvère Rutebœuf, qui s'illustrèrent au xiiiᵉ siècle par leurs chansons d'amour et leurs complaintes. On ne peut que nommer après lui Christine de Pisan, Alain Chartier, Deschamps, Olivier Basselin, qui avec des mérites divers acquirent de la réputation sur la fin du xive siècle ou au commencement du xve. Pourtant Boileau ne lui a pas fait la grâce de le ranger parmi les poètes dignes d'être lus par la France moderne.

VILLON (1430-1490). — Il réserve cette faveur à Villon qui, d'après lui,

> .... Sut le premier, dans ces siècles grossiers ,
> Débrouiller l'art confus de nos vieux romanciers.

Villon, né en 1430, était digne d'être le contemporain de Louis XI, qui le disputa à la mort. Plein d'esprit et de goût, mais sans mœurs et sans souci, il fut escroc et voleur, et mérita deux fois d'être pendu. Cette circonstance lui inspira chaque fois un testament où l'accent mélancolique se mêle d'une singulière manière à l'esprit gouailleur et insouciant.

Villon est un Horace de bas étage, un Anacréon de la populace. Il chante au milieu de ses débauches, entre les chopes, les truands et les étudiants de mauvaise vie.

Son testament donnerait une idée complète de ce génie bizarre, si on pouvait le citer en entier. Il lègue à son barbier « la rognure de ses cheveux » à un épicier « une potence pour broyer la moutarde » etc... puis tout à coup il s'écrie en regrettant le temps perdu de sa jeunesse :

> Hé Dieu ! si j'eusse estudié
> Au temps de ma jeunesse folle,
> Et à bonnes mœurs desdié
> J'eusse maison et couche molle.

Mais quoy? moi je fuyais l'eschole
Comme fait le mauvais enfant.
En escrivant cette parolle,
A peu que le cœur ne me fend.

II. TEMPS MODERNES. — RENAISSANCE.

MAROT (1495-1544). — Poète de la même école, de meilleure condition pourtant, moins ordurier peut-être, mais non moins licencieux, Marot, valet de chambre de François Ier, favori de Marguerite de Valois, exilé pour avoir embrassé la Réforme, Marot eut de l'esprit ainsi que Villon ; mais cet esprit fut moins naturel, moins populaire ; il se sentit de la cour où vivait l'auteur et de la religion froide de Calvin, dont il se croyait partisan. Marot a réussi dans l'épître et dans la satire ; il voulut s'élever plus haut et traduire les psaumes ; il échoua complétement ; il n'était ni assez sensible, ni assez généreux pour être l'interprète du roi David. Il était plus heureux quand il tournait le rondeau, le madrigal, ou lançait l'épigramme. En un mot :

Marot fit fleurir les ballades,
Tourna des triolets, rima des mascarades,
A des refrains réglés asservit les rondeaux,
Et montra pour rimer des chemins tout nouveaux.
Ronsard, qui le suivit, par une autre méthode,
Réglant tout, brouilla tout, fit un art à sa mode,
Et toutefois longtemps eut un heureux destin ;
Mais sa muse, en français parlant grec et latin,
Vit dans l'âge suivant, par un retour grotesque,
Tomber de ses grands mots le faste pédantesque.

RONSARD ET SON ÉCOLE (1524-1585). — Ce furent bien là, en effet, les torts et le malheur de Ronsard ;

mais il eut des mérites qui le rendent digne d'attirer les regards de la postérité ; et l'on peut s'étonner que Boileau lui préfère un « rimeur de mascarades. »

Ronsard surcharge son français d'une érudition de mauvais aloi ; mais on ne doit pas oublier quel était son mobile et quel fut ce génie qui tomba dans son vol.

Le premier il tenta, en connaissance de cause, d'élever la poésie française à la hauteur d'une poésie nationale. Ce fut lui qui donna l'élan pour former les règles poétiques et enrichir la langue, s'il ne réussit pas dans ce dessein. Malherbe, avec moins de génie, fut plus heureux ; mais il profita de ses travaux et n'eut qu'à élaguer dans ces productions surabondantes.

Ronsard essaya tous les genres, et, malgré les erreurs de son système, la puissance de son imagination et la fécondité de sa verve lui firent trouver souvent des vers pleins d'une noble et gracieuse poésie. Son essai d'épopée, la *Franciade*, est une œuvre avortée ; ses odes manquent de naturel et de vraie grandeur ; son style est prétentieux, boursouflé, obscur ; il remplaça l'allégorie par la linguistique, et ne doit pas être imité ; mais il faut lui être reconnaissant de ses efforts et de son zèle pour ennoblir la langue française. Il est difficile d'avoir plus de grâce et de facilité dans la poésie légère qu'il n'en a mis dans des morceaux comme celui-ci :

> Hé Dieu ! que je porte d'envie
> Aux plaisirs de la douce vie,
> Alouette, qui de l'amour,
> Dégoises dès le point du jour,

Secouant en l'air la rosée
Dont ta plume est toute arrosée !
Devant que Phœbus soit levé,
Tu enlèves ton corps lavé,
Pour l'essuyer près de la nue,
Trémoussant d'une aile menue,
Et te sourdant à petits bonds,
Tu dis en l'air de si doux sons
Composés de ta tirelire,
Qu'il n'est homme qui ne désire,
T'oyant chanter au renouveau
Comme toi devenir oiseau.

. . . .
Tu vis sans offenser personne, (1)
Ton bec innocent ne moissonne
Le froment, comme ces oiseaux
Qui font aux hommes mille maux,
Soit que le bled rongent en herbe,
Ou soit qu'ils l'égrainent en gerbe ;
Mais tu vis par les sillons verts,
De petits fourmis et de vers,
Ou d'une mouche où d'une achée ;
Tu portes au temps la béchée
A tes fils non encore ailés,
D'un blond duvet emmentelés.

. . . .
Aussi jamais la main pillarde
D'une pastourelle mignarde,
Parmi les sillons espiant
Vostre nouveau nid pépiant,
Quand vous chantez ne le dérobe
Ou dans sa cage ou sous sa robe.
Vivez, oiseaux, et vous haussez
Toujours en l'air, et annoncez,
De vostre chant et de vostre aile,
Que le printemps se renouvelle.

Ronsard fut secondé dans cette campagne par toute une armée de jeunes poètes, et surtout par Joachim

(1) Comparer ce passage avec la *Cigale* d'Anacréon, citée plus haut.

du Bellay, qui lança en forme de proclamation le programme de la nouvelle école. L'influence de l'esprit antique était alors entière. La prise de Constantinople, la découverte de l'imprimerie, les guerres des Français en Italie avaient amené à l'état de passion ce goût pour les écrivains de Rome et de la Grèce, que nous voyons renaître déjà dans les ouvrages du xve siècle.

L'Italie avait dû à cet élan général de nombreuses compositions poétiques dans la langue de Virgile. Les prosateurs français imitèrent cet engoûment; on ne chercha plus qu'à écrire comme Tite-Live ou Cicéron. Les poètes de notre pays surent éviter cette faute, et comprendre qu'il fallait user des Grecs et des Romains pour enrichir et réformer le langage national, et non pour composer dans une langue étrangère. Ils dépassèrent le but; mais ils le montrèrent à leurs successeurs.

Du Bellay. — la Pléiade. — Le signal fut donné par Joachim du Bellay dans son « illustration de la langue française » qui renferme plus d'une page pleine de sens. Sous l'inspiration de cette idée réformatrice, plusieurs poètes se réunirent et reconnurent Ronsard comme leur prince.

On rangeait dans cette *pléiade* — car c'est ainsi qu'on appelait cette jeune société — Joachim du Bellay, Remi Belleau, Antoine Baïf, Estienne Jodelle, Amadis Jamyn, Dorat et Ponthus de Thiard. Les quatre premiers seulement sont dignes d'être cités. Joachim du Bellay, le promoteur de la Ligue, ne manquait point de goût, et la grâce de ses vers l'avait fait surnommer le poète français.

4*

Antoine Baïf poussa l'exagération de la nouveauté plus loin que Ronsard lui-même, et il eut bien moins de génie pour couvrir ses ridicules.

Remi Belleau réussissait assez dans la poésie pastorale, mais échouait complètement dans ses imitations d'Anacréon. Quant à Jodelle, il n'eut guère mérité plus d'éloges si, par ses essais de tragédie, il n'eut eu la fortune de dominer la scène française et de la préparer pour Corneille.

SAINT-GELAIS ET L'ÉCOLE DE MAROT. — La pléiade fut moins heureuse dans ses attaques contre Marot et son école. Mellin de Saint-Gelais, successeur de Marot à la cour, décocha aux nouveaux poètes, des épigrammes qui firent sourire à leurs dépens ; et tous les poètes de cette époque n'adoptèrent point leur système. Les récalcitrants ne furent point pour cela exempts de défauts. Ils évitèrent les hellénismes et les latinismes barbares de la pléiade sans atteindre le but véritable qui était d'harmoniser ensemble l'élément antique et l'élément moderne en leur laisant leur réciproque indépendance.

DU BARTAS. — La rivalité seule produisit ces scissions. Au fond, du Bartas, Desportes et Bertant étaient les disciples de Ronsard, comme Baïf et Remi Belleau. Il est difficile de voir d'autre différence entre les poésies de la pléiade et la *Semaine* de du Bartas, que celle d'un style plus ampoulé, plus ridicule et plus bizarre. Ronsard lui-même se crut obligé de protester contre ces exagérations de langage. Au milieu de ce fatras, on trouvait de nobles inspirations, et l'on sentait un génie élevé, égaré par un faux goût. Aussi le succès de la *Semaine* fut immense.

Desportes. — Soit à cause de la critique de Ronsard, soit, comme le dit Boileau, à cause de sa chute, plus probablement, parce que les voyages de Desportes en Italie avaient influé sur son talent, ce poè fut plus retenu et plus sage. On admire dans se sonnets de la grâce et de l'imagination.

Bertaut. — Cette dernière faculté fait complètement défaut à Bertaut qui marcha sur ses traces. Sans manquer de talent, il n'a laissé que de la prose rimée avec beaucoup d'élégance.

Jean Passerat (1534-1602). — L'école de Ronsard tombait ainsi d'un excès dans un autre pour ne plus se relever. On revint au genre de Marot, et Jean Passerat, à qui l'on attribue quelques vers de la satire Menippée, obtint un triomphe dans le genre.

Regnier (1575-1613). — Mais nul ne pouvait dans cette forme naïve et naturelle de la poésie française lutter avec Mathurin Regnier, neveu de Desportes, qui s'éleva tout-à-coup à la hauteur de la satire d'Horace. Il ne lui manqua que plus de retenue et une langue plus avancée pour surpasser le modèle. C'était l'esprit gaulois avec toute sa verve, sa facilité, son esprit pénétrant et sa philosophie caustique. Les satires de Regnier excitent encore le rire franc et jovial comme les comédies de Molière. Ce sont deux poètes de même lignée, comme l'a compris Boileau, qui aurait pu penser de Molière ce qu'il disait de Regnier :

Heureux, si ses discours, craints du chaste lecteur,
Ne se sentaient des lieux que fréquentait l'auteur;

Et si du son hardi de ses rimes cyniques
Il n'alarmait souvent les oreilles pudiques.

Tous deux méritent ce reproche, mais il nuisit moins à Molière. Regnier, dont les ouvrages offrent beaucoup plus d'intérêt que ceux de Malherbe, a reçu beaucoup moins d'éloges que ce poète. Il ne faut pas l'attribuer seulement à sa licence, mais aussi à la correction et à la régularité plus grande de son rival.

MALHERBE (1555-1628). — Malherbe entreprit, comme la pléiade, la réforme de la poésie française; mais il s'y prit au rebours. Ses devanciers avaient cherché la beauté et la noblesse de la langue dans la nouveauté, dans les emprunts et dans les créations de mots ou dans la pompe affectée du langage. Malherbe s'attacha à être correct, sévère pour le choix des mots ; il donna des règles plus sûres à la versification, classa les têrmes, et, ses lois établies, s'y tint avec un scrupule, exagéré peut-être.

Malherbe fut grammairien au moins autant que poète.

Boileau a parfaitement défini sa mission :

Enfin Malherbe vint, et, le premier en France,
Fit sentir dans les vers une juste cadence,
D'un mot mis en sa place enseigna le pouvoir,
Et réduisit la muse aux règles du devoir.
Par ce sage écrivain la langue réparée
N'offrit plus rien de rude à l'oreille épurée.
Les stances avec grâce apprirent à tomber,
Et le vers sur le vers n'osa plus enjamber.

Mais il ne faut pas trop étendre le rôle de Malherbe. Il n'a point, comme on l'a dit, donné l'essor à la poésie lyrique. Elle végéta jusqu'à nos jours. Il a formé son langage et son rhythme ; mais après lui avoir enlevé la verve que l'école de Ronsard puisait dans son enthousiasme pour l'antiquité, il lui a laissé son encombrement mythologique, et n'a point su ou n'a point voulu, comme Boileau plus tard, lui donner le souffle vital, en lui rendant l'inspiration chrétienne du moyen-âge.

Aussi, dans ce grand siècle de Louis XIV, où la littérature vit naître tant de chefs-d'œuvre, aucun poète ne fit entendre sur la lyre des accents dignes de rappeler les douces et suaves mélodies de la Grèce ; aucun ne put rivaliser avec Homère, en chantant les exploits des héros et les grandeurs divines ; car aucun ne comprit que pour un poète catholique,

« L'enthousiasme habite aux rives du Jourdain »,

et que la foi seule a le don d'enflammer et de toucher les cœurs. Quand on commença à s'en apercevoir, on n'osa que tenter des imitations des *Psaumes :* l'âge de la poésie lyrique attendit la renaissance chrétienne qui se manifesta dans les lettres au commencement de notre siècle ; celui de l'épopée française n'est pas encore venu.

LE THÉATRE AU XVIIᵉ SIÈCLE

La gloire de la poésie au xviiᵉ siècle fut toute entière au théâtre et dans la poésie didactique. Là on parle le langage de la raison seule ; la divinité ne se met pas en face de l'homme, et les héros sont réduits à des proportions naturelles : la mythologie n'y devait et n'y pouvait avoir qu'un rang purement historique. Elle ne gêna point l'inspiration du poète.

Le premier nom dont la splendeur nous éblouit est Corneille.

Mais avant de parler de ce grand homme et de ses œuvres, il est utile de dire un mot des développements de la tragédie, depuis les essais de Jodelle jusqu'aux chefs-d'œuvre de notre illustre tragique.

GARNIER (1545-1601). — A Jodelle avait succédé Garnier sur la nouvelle scène. Cet auteur s'était attaché à imiter Sénèque. Souvent il rencontra des accents énergiques, qui le rendirent bien supérieur à Ronsard, et qui contribuèrent à former le langage dramatique.

ALEXANDRE HARDY (1561-1630). — THÉOPHILE. — Pourtant l'art de la tragédie n'avança guère avant Richelieu. Alexandre Hardy, mort en 1630, rendit d'assez grands services par ses essais comme auteur et comme directeur du théâtre ; mais on ne lit ni ses pièces ni celles de son contemporain Théophile qui, malgré l'emphase ridicule de son style, avait quelquefois des traits de sentiment capables d'émouvoir.

III. MATURITÉ.

XVIIᵉ SIÈCLE. — XVIIIᵉ SIÈCLE.

Quand Richelieu eut pris le théâtre sous sa protection, de nombreux auteurs s'exercèrent sur la scène à l'imitation des anciens ; et même en face de

Corneille, leurs essais ne furent pas toujours indignes des succès et de la renommée.

Les tragiques du XVII° siècle.

— Scudéri, Mairet, Rotrou, dans son *Venceslas* et ses comédies, se sont élevés jusqu'à balancer quelquefois le mérite de Corneille aux yeux de leurs contemporains.

Cette erreur de critique, malgré son exagération évidente n'était pas toujours sans fondement.

On le comprend aisément quand on compare les œuvres de ces poètes, connus encore, à celles de tant d'autres qui à cette époque cherchèrent vainement à s'immortaliser au théâtre.

L'Estoile, Colletet, Cyrano de Bergerac, Tristan l'Hermite, sont tombés complètement dans l'oubli.

Le grand nom de Corneille est seul resté ineffaçable. Ce poète sublime après quelques essais remarquables pour l'époque, mais qui ne faisaient point pressentir son génie, éleva tout à coup la tragédie à sont plus haut degré, en donnant au théâtre la pièce admirable du *Cid*. Le sujet et la trame en étaient empruntés à un auteur espagnol, Guilhem de Castro.

Corneille avait étudié la littérature de nos voisins, et en adoptant un sujet étranger aux coutumes de notre théâtre et à notre goût national, il avait produit cette merveille qui souleva la France d'admiration.

Caractères du théâtre au XVII° siècle.

— La tragédie était trouvée. C'était en 1636, Corneille avait trente ans. La renaissance était alors un fait accompli. Malherbe avait rempli ses vers, comme Ronsard, de souvenirs mythologiques. En attendant

que Boileau imposât comme une nécessité cette
théogonie d'emprunt et de mensonge, les poètes
s'excitaient à gravir le Parnasse et à invoquer le bel
Apollon..

C'était au sortir des grandes guerres de religion.
D'Aubigné avait jeté ses invectives rudes et sanglantes. Les esprits étaient à demi-sauvages et à demi-
policés. Il fallait pour les satisfaire des émotions
profondes, des pensées mâles et vigoureuses. Cor--
neille sut contenter ces instincts sans demeurer barbare. Il avait puisé dans l'étude du théâtre espagnol
et des historiens romains une nature fière, élevée,
généreuse et fortement trempée dans les idées de la
foi catholique. Son théâtre fut viril, vertueux, chevaleresque ; sa poésie ferme, forte et nerveuse.

Ce caractère du théâtre et de la poésie changea
dans les années suivantes. Il cessait de convenir à
nos mœurs. Quand Louis XIV eut mis la France
entière sous le même niveau de l'absolutisme, et que
Boileau, fidèle interprète de la civilisation royale,
eut donné des lois, comme il dit, au Parnasse, on
eut plus de régularité, d'ordre, d'harmonie, plus de
politesse et de savoir-vivre ; on ne fit plus des héros
presque surhumains ; on fit des héroïnes tout à fait
humaines, formées, en plein christianisme, à l'école
païenne la plus raffinée ; et, pour avoir un peu plus
de cette majesté artificielle que donnait l'observation
de la loi, on eut aussi beaucoup moins de cette force,
de cette vigueur, de cette grandeur de pensées, de
cette sublimité doctrinale que donnait l'observation
des règles de la foi.

La poésie ressembla à la cour du grand roi ; elle
fut d'une politesse achevée, d'une ponctualité extrê-

me, d'un extérieur irréprochable ; mais dans l'intérieur on sentait une grande débauche d'esprit et de caractère. Le niveau moral et intellectuel baissait en réalité s'il s'élevait en apparence.

Le théâtre de Corneille convenait mieux au génie sombre, ferme et profond de l'austère Richelieu. On ne conçoit pas qu'une envie, ridicule en un tel homme, ait empêché le ministre de Louis XIII, le fondateur de l'Académie française, d'apprécier justement l'auteur immortel du *Cid*.

CORNEILLE (1606-1684). — Corneille, après son premier chef-d'œuvre, en produisit trois nouveaux coup sur coup, les *Horaces, Cinna, Polyeucte*, se maintint à la hauteur de sa réputation dans *Pompée* et dans sa comédie du *Menteur* qui ouvrit la voie à Molière, retraça des scènes terribles et émouvantes dans *Rodogune*, et, reçu membre de l'Académie française, se vit à l'apogée de sa gloire.

Le caractère de son génie était la force. Cette faculté dominante diminua avec l'âge. On vit bientôt baisser le grand esprit du vieux Corneille. Dans *Théodose, Héraclius, don Sanche d'Aragon, Andromède* et *Nicomède*, malgré la décadence évidente, il se relève de temps en temps, et paraît digne de lui-même. Il n'en est plus ainsi dans les pièces représentées depuis 1653 jusqu'à sa mort qui arriva en 1684. Dans cet intervalle, Corneille, dégoûté du théâtre, se mit à traduire en vers l'*Imitation de Jésus-Christ* ; puis, cédant à ses premières inclinations, il composa plusieurs pièces, et parut un instant se retrouver dans *Sertorius* et dans *Othon* ; mais sa chute fut définitive dans l'*Attila*, et Boileau prit soin de l'en avertir :

Après l'*Agésilas,*
Hélas !
Mais après l'*Attila,*
Holà !

Mauvais vers, mais bonne critique. Corneille ne tint pas compte de l'avertissement ; il voulut continuer ses efforts ; mais sa veine était épuisée, et il eut le malheur, d'ans une de ses dernières pièces, *Bérénice,* de traiter le même sujet que Racine dont le nom déjà lui était opposé.

Racine était jeune; la nature de son génie devait gagner avec l'art et le temps. Il prenait la tragédie où l'avait laissée Corneille ; il trouvait une langue toute faite, et n'avait plus qu'à lui donner les derniers traits et le dernier poli ; le théâtre était désormais à lui. Corneille fut sage de lui céder le pas quelques années après.

Il se livra de nouveau à la poésie religieuse, souffrit beaucoup de l'ingratitude des hommes et des revers qu'il avait essuyés, et mourut dénué presque de tout, l'an de Jésus-Christ 1684.

Jamais avant lui la France n'avait entendu les accents de la poésie sublime ; jamais après lui une poésie aussi noble, aussi virile, aussi chrétienne dans le fond et dans la forme, ne retentit à ses oreilles.

Racine fut un plus grand peintre ; il fut plus doux, plus harmonieux ; il eut le bonheur de se servir d'un instrument parfait déjà ; il ajouta encore à sa perfection, et il est demeuré comme le type le plus pur de l'art, comme le modèle du fini et de l'achevé dans le tout et dans le détail ; mais si la fin de sa vie et ses deux dernières pièces n'avaient compensé quelque peu le vice moral de ses tragédies, il eut été peut-être aussi grand poète que Corneille, il eut été un moins grand caractère.

Le but de la poésie, au théâtre comme ailleurs, c'est la vertu. Corneille ne l'oublia jamais. Racine, hélas! ne flatta que trop les passions, sinon dans l'intention, du moins par la nécessité de son genre.

Tandis que Corneille élevait l'homme au-dessus de lui-même, Racine le laissait tel qu'il était, et se plaisait à lui découvrir ses passions dans la peinture desquelles il excellait. En cela, comme l'a fait remarquer La Bruyère, le premier ressemblait plus à Sophocle, le second tenait plus d'Euripide. Corneille étonnait et soulevait; Racine touchait et arrachait les larmes.

On comprend facilement que le spectacle de l'héroïsme qu'on admire invite à l'imiter, et que celui de passions qui attendrissent amène doucement à excuser le vice et à le trouver aimable.

RACINE (1639-1699). — Ce fut le tort de Racine dans le grand nombre de ses pièces; mais l'art qu'il y déploie est surprenant, l'achèvement de son style est inimitable. Jean Racine naquit à La Ferté-Milon, le 21 décembre 1639.

Elevé à Port-Royal, il s'y prit d'une passion ardente pour les poètes tragiques. Toutefois, il débuta par plusieurs odes qui attirèrent l'attention sur lui. Quand il se décida à tenter le théâtre, il reçut de Molière le plan de la *Thébaïde* ou des *Frères ennemis*, qui, non plus que la suivante, *Alexandre,* ne faisait nullement pressentir les destinées du jeune poète.

Tout à coup Racine se révéla, comme jadis Corneille, par un éclair de génie ; *Andromaque* ne fit pas moins de bruit que le *Cid*. Cette pièce fut représentée en 1667. Racine n'avait que vingt-huit ans. Depuis ce temps il alla toujours augmentant le nombre de ses chefs-d'œuvre. Ce fut d'abord les *Plaideurs*, comédie imitée des *Guêpes* d'Aristophane, et pétillante d'esprit et de goût.

Quand parut *Britannicus*, l'année suivante (1669), on put s'apercevoir que la gloire de Racine l'avait environné d'envieux. Boileau seul l'encouragea de ses félicitations.

La faveur du public lui revint avec *Bérénice* et *Bajazet*.

Il semble qu'alors il ait voulu se mesurer de plus près avec Corneille en imitant sa manière.

Mithridate est une pièce du ton solennel et grandiose comme les *Horaces* et *Cinna*. C'est en vain que les ennemis de Racine attendaient une chute. Le grand poète se surpassait à chaque nouvelle création. *Iphigénie* fit éclater l'envie. On se ligua pour obtenir par la cabale ce que le temps ne voulait pas offrir.

Racine avait composé sa *Phèdre*. Pradon en fit une autre qu'on prétendait lui opposer.

On s'arrangea de manière à applaudir la tragédie de Pradon, et à rendre le théâtre désert le jour où fut jouée celle de Racine.

Ces persécutions dégoûtèrent Jean Racine de la tragédie. Malgré le retour du public aux représentations de *Phèdre*, il abandonna pour jamais le théâtre à l'âge de trente-huit ans.

L'art dramatique y perdit assurément les grandes œuvres que promettait un génie si splendide; mais l'art chrétien y gagna les deux plus belles créations de Racine et peut-être de la poésie française.

Après douze ans de retraite, pendant lesquels Racine se livrait aux pratiques pieuses et composait des cantiques spirituels, des épigrammes, des écrits en prose, il consentit, à la demande de Mme de Maintenon, à faire son drame lyrique d'*Esther* pour les pensionnaires de Saint-Cyr. Le succès fut prodigieux. Racine, encouragé dans cette nouvelle voie, créa alors cette fameuse pièce d'*Athalie*, que Voltaire regardait comme le chef-d'œuvre des chefs-d'œuvre, et que les contemporains de l'auteur ont à peine remarquée.

Racine n'eut pas le bonheur de voir réhabiliter son ouvrage. On ne commença à le goûter que vingt ans après sa mort, arrivée en 1699.

Que les temps sont changés !...

« De tous les chefs-d'œuvre de notre scène, dit M. Nisard, aucun n'a eu, au même degré, cette fortune unique de ne réussir pas moins à la représentation qu'à la lecture. Le dramatique des scènes, la beauté du spectacle, des tableaux à chaque acte et que l'action rend nécessaires, une musique qui ne sent point l'artifice, et qui, étant un religieux usage du lieu où se passe la scène, ajoute à la vraisemblance ; voilà ce que Racine a fait pour le spectateur.

» Quant au lecteur, la perfection de ces vers, lus dans le recueillement d'un œil que ne distrait pas le spectacle, le dédommage de tous les plaisirs qui ne lui arrivent pas par les sens, et, s'il n'entend pas la

4**

musique des chœurs, il reçoit par l'oreille de l'âme l'harmonie de leurs strophes divines. » (1)

Tout a été dit sur le style de Racine. On croirait que Dieu avait pris soin de réunir chez lui, en juste proportion, une sensibilité exquise, une imagination brillante, une raison droite et solide.

Toutes les facultés nécessaires à l'écrivain lui ont été données, et aucune en lui ne dépasse la mesure que réclame le bon goût. Il est le poète classique par excellence ; et l'on connaît cette parole de Voltaire : « Il n'y a qu'à mettre au bas de toutes les pages : beau, pathétique, harmonieux, admirable, sublime! »

Ses plus beaux vers sont à la louange de l'Éternel. Ce sont ceux d'*Esther* et ceux d'*Athalie*. On y trouve tous les tons, toutes les nuances de l'harmonie des muses. Voulez-vous une mélodie douce et limpide? Entendez celle-ci :

> Que le Seigneur est bon, que son joug est aimable !
> Heureux qui dès l'enfance en connaît la douceur !
> Jeune peuple, courez à ce maître adorable,
> Les biens les plus charmants n'ont rien de comparable
> Aux torrents de plaisirs qu'il répand dans un cœur.
> Que le Seigneur est bon, que son joug est aimable!
> Heureux qui dès l'enfance en connaît la douceur (2).

Préférez-vous une musique majestueuse et puissante, prêtez l'oreille à ces accents solennels :

> Comment en un plomb vil l'or pur s'est-il changé?
> Quel est dans le lieu saint ce pontife égorgé?
> Pleure, Jérusalem, pleure, cité perfide,
> Des prophètes divins malheureuse homicide :

---

(1) Nisard, *Hist. de la litt. franç.*, III, p. 71.

(2) *Esther*, acte III, scène IX.

De son amour pour toi ton Dieu s'est dépouillé ;
Ton encens à ses yeux est un encens souillé ;
Où menez-vous ces enfants et ces femmes ?
Le Seigneur a détruit la reine des cités :
Ses rois sont faits captifs, ses rois sont rejetés.
Dieu ne veut plus qu'on vienne à ses solennités.
Temple, renverse-toi ; cèdres, jetez des flammes ;
    Jérusalem, objet de ma douleur,
Quelle main en un jour a ravi tous tes charmes ?
Qui changera mes yeux en deux sources de larmes
    Pour pleurer ton malheur ? (1)

La parole manque pour célébrer cette richesse juste et sévère, cette abondance pleine et correcte d'un style dont l'harmonie et le goût sont demeurés sans exemple depuis le Racine d'*Esther* et d'*Athalie*. (2)

Il serait tout au moins superflu, après un homme qui a amené le théâtre français à sa perfection, de s'occuper des œuvres de quelques littérateurs du même temps qui essayèrent de marcher sur ses traces ou eurent la prétention, comme Pradon, d'entrer en lutte avec ce génie redoutable.

Thomas Corneille (1625-1709). — Le plus remarquable de ces poètes est assurément Thomas Corneille, frère du grand tragique de ce nom. Il était doué d'une vaste mémoire et d'une facilité prodigieuse. Littérateur distingué, il obtint un immense succès de vogue et ses pièces étaient applaudies outre mesure. Son *Ariane* seule est digne de survivre

(1) *Athalie*, acte iii, scène vii.

(2) Nous ne donnons point l'analyse des pièces de nos grands auteurs dramatiques. Il serait difficile, dans un ouvrage restreint comme le nôtre, d'analyser la plupart d'entre elles ; il serait dangereux souvent de le faire. Quant aux pièces classiques, elles sont dans toutes les mains, lues, commentées, récitées partout.

à son auteur. Il mourut en 1709. Ses œuvres sont ordinairement jointes à celles de son frère.

Boileau, qui le mettait bien au-dessous du grand Corneille, l'a pourtant respecté dans ses satires.

PRADON (1632-1698). — On sait qu'il ne fit pas la même grâce à Pradon, dont il a dit ironiquement :

> Pradon comme un soleil en nos ans a paru.

Le soleil était peu radieux. Les contemporains opposèrent pourtant par jalousie la *Phèdre* de ce plat auteur au chef-d'œuvre de Jean Racine.

On ne connaît guère Pradon aujourd'hui que par les vers de Boileau.

QUINAULT (1635-1688). — Il en est à peu près de même de Quinault, qui faisait des opéras pour la cour de Louis XIV ; quoique la mode en nos temps soit de faire un reproche au législateur du Parnasse d'avoir attaqué le mérite de Quinault. Je veux bien qu'on trouve de beaux vers dans les opéras de ce poète, mais s'ils ont tant de valeur, il est permis de demander pourquoi ils ne sont ni lus ni recherchés; d'ailleurs il sera toujours juste de leur reprocher leur coupable mollesse..

> .... Et tous ces lieux communs de morale lubrique
> Que Lulli réchauffait du son de sa musique.

Quinault mourut chrétiennement.

LA MOTTE (1672-1731). — Antoine Houdard de La Motte se fit comme lui un nom dans l'opéra, mais ses vers n'avaient pas la douceur mélodieuse de ceux de Quinault. La Motte est plus célèbre pour ses attaques contre la poésie que pour ses œuvres poétiques.

Il fit aussi des tragédies, et l'on cite encore son *Inès de Castro*.

Poètes divers. — La postérité a été moins indulgente pour les œuvres de Duryer, de Duché, de Lafosse et de Campistron, dont le premier tenta de suivre les voies ouvertes par Corneille, les autres d'imiter l'auteur d'*Athalie*.

La Harpe, toutefois, fait cas de l'*Absalon* de Duché, du *Manlius* de Lafosse, qui serait une œuvre véritablement remarquable, si le style en était mieux soigné.

CAMPISTRON (1656-1723). — Il les préfère de beaucoup aux tragédies de Campistron que ses contemporains élevaient pourtant au-dessus des autres tragiques de second ordre.

Campistron s'exerça aussi dans le genre comique. Sa pièce intitulée le *Jaloux désabusé* est bien supérieure à ses œuvres tragiques.

Mais, dans la comédie aussi bien que dans la tragédie, Campistron avait un modèle qu'il lui était difficile d'égaler, c'était Molière, dont Boileau disait qu'il était de tous les poètes du temps de Louis XIV celui qui ferait le plus d'honneur à son siècle.

MOLIÈRE (1622-1673). — Il est en effet le plus original. Fils d'un tapissier du roi, il commença par exercer le métier de son père auprès du roi. Mais il lui était venu durant ses études, commencées tard chez les PP. Jésuites, une véritable passion pour la comédie. Elle le tourmentait beaucoup.

« Le théâtre, dit Voltaire, commençait à fleurir alors... Avant l'année 1625, il n'y avait point de comédiens fixés à Paris. Quelques farceurs allaient, comme en Italie, de ville en ville; ils jouaient les pièces de Hardy, de Montchrétien et de Balthazar Baro. Ces auteurs leur vendaient leurs ouvrages dix écus la pièce.

Pierre Corneille tira le théâtre de la barbarie et de l'avilissement vers l'année 1630. Ses premières comédies, qui étaient aussi bonnes pour son siècle qu'elles sont mauvaises pour le nôtre, furent cause qu'une troupe de comédiens s'établit à Paris. Bientôt après, la passion du cardinal de Richelieu pour le spectacle mit le goût de la comédie à la mode, et il y avait plus de sociétés particulières qui représentaient que nous n'en voyons aujourd'hui.

Poquelin s'associa avec quelques jeunes gens qui avaient du talent pour la déclamation; ils jouaient au faubourg Saint-Germain et au quartier Saint-Paul. Cette société éclipsa bientôt toutes les autres; on l'appela l'*illustre Théâtre*. » (1)

C'est alors que Jean-Baptiste Poquelin, pour respecter les scrupules de ses parents, prit le nom de Molière.

Il se fit et demeura auteur et comédien. Ses premiers essais sont des imitations de farces italiennes que sa troupe jouait en province, et qui, bien qu'elles soient loin d'être des chefs-d'œuvre, laissaient pressentir déjà la verve et la gaîté du Molière de l'avenir.

(1) Voltaire, *Vie de Molière.*

Il revint à Paris en 1658; on permit à sa troupe de s'établir dans cette ville.

Depuis ce temps, malgré les envieux, la gloire de Molière alla toujours croissant comme sa faveur auprès du roi.

Il avait représenté en province une première pièce régulière en un acte, intitulée l'*Etourdi*. Il créa alors ces chefs-d'œuvre qui l'ont élevé au-dessus de tous les poètes comiques de tous les temps et de tous les pays. Jamais poète ne comprit la comédie comme lui, et ne sut en tirer autant de leçons de haute morale et de philosophie.

Molière ne réussit point dans la tragédie; mais on peut dire que nul ne l'égala chez les anciens ou chez les modernes dans l'art de ridiculiser sur la scène les vices du peuple ou des grands. Moraliste profond, observateur attentif, il créa ou du moins perfectionna la création de Corneille, en élevant la comédie dans les plus hautes régions de la philosophie, où elle tient un langage digne et sévère, ne s'abaisse ni aux farces ni aux grossières bouffonneries, et sait rester digne et grave en raillant et en plaisantant. La comédie fut alors la rivale de la tragédie. Boileau même s'en fit un tel idéal, qu'il ne put pardonner à Molière de descendre de nouveau à la farce italienne :

> Dans ce sac ridicule où Scapin s'enveloppe
> Je ne reconnais plus l'auteur du *Misanthrope*.

Pourtant, quelle verve, quel entrain amusant, quelle vivacité spirituelle dans ces pièces de la demi-comédie, ou dans ces courtes scènes ébauchées par Molière pour les plaisirs du roi et de la cour.

Autant on admire la facilité, la pureté, l'élévation

du style, la trame habile du plan, la pénétration, l'esprit élevé, la raillerie fine qui se trouvent dans dans les trois chefs-d'œuvre de Molière : le *Misanthrope*, le *Tartufe* et les *Femmes savantes*; autant on s'égaye des parties amusantes, du sel, de la vie, de la gaîté inimaginable qui flagellent le ridicule dans ces pièces dont la portée ne dépasse point le commun des esprits, et qui témoignent de la variété des talents possédés par Molière.

Il y a dans les quatre grands poètes dont fut environné Louis XIV, deux esprits profondément originaux, et dont la lecture saura toujours dérider quiconque ira leur demander une heure de délassement et de plaisir, ce sont La Fontaine et Molière.

Tous deux ont eu l'art d'exciter le sourire, l'un par la profondeur, l'autre par la naïveté de ses pensées; tous deux ont eu l'art de faire jaillir le gros rire et de dilater le cœur : l'un par des scènes et des dialogues, l'autre par des récits allégoriques dramatiquement exposés, tous deux par une mise en scène admirable de variété et de naturel.

Malheureusement il est juste de dire qu'en descendant à la bouffonnerie, ces deux poètes descendirent à la grossièreté licencieuse et à l'immoralité la plus déplorable.

LA FONTAINE (1621-1695). — Ceci est surtout vrai de La Fontaine dans ses contes. Aussi n'est-ce pas à ces compositions graveleuses qu'il faut demander le secret de sa gloire. Ils ne sont lus que des esprits débauchés, et ne méritent point de l'être de ceux qui se respectent. L'œuvre la plus parfaite et la plus innocente de La Fontaine est son recueil de fables.

Outre ses contes, il a fait des élégies, des essais en divers genres. Une seule de ses élégies est célèbre : celle sur la *Disgrâce de Fouquet*. La Fontaine n'est connu que sous un nom : le « Fabuliste, » car il l'est par excellence. Son art s'est identifié avec lui-même, et quand on parle de fables, on ne nomme plus Esope, Phèdre ou Babrius, il n'est question que du « fabuliste » et c'est La Fontaine. Cet homme a élevé la fable à un degré où nul ne peut atteindre. Rien n'égale le naturel, la simplicité, la couleur de son style. Il tient à la fois de l'école gauloise et de celle des Grecs. Ses fables, comme il le dit lui-même, sont des drames à « cent actes divers ; le plus simple animal nous y tient lieu de maître. » Rien n'est vivant comme ces petites scènes où devisent la fourmi et la cigale, où le lion et son cousin le léopard font des harangues solennelles en tenant cour plénière. Si le caractère du fabuliste est la naïveté, comme l'a dit Marmontel, « parce qu'il raconte des choses dont le merveilleux exige toute la crédulité d'un homme simple, ou plutôt d'un enfant, » il faut convenir que La Fontaine a atteint la perfection du genre.

Le bonhomme, qui ne manquait pourtant ni d'esprit ni de malice (ses contes en sont la preuve) est le plus grand des enfants quand il est en compagnie de Jean Lapin ou de maître Renard.

Il se met si bien à la place de ses personnages, qu'on le confond avec eux, et le principal sel de ses compositions, la saveur qui force le sourire, est justement cette apparente crédulité de l'habile narrateur.

Il est évident que l'auteur croit les récits de dame la Belette, prend intérêt à la discussion qui s'élève entre le loup et le renard. Ses réflexions le témoignent.

Son coq est à ses yeux un aussi important personnage que les héros d'Homère, et en racontant la lutte de la gent gallinacée, il se rappelle qu'une même cause de combats amena la chute de Troie. Point de différence pour lui entre les murs d'un poulailler et ceux de la grande ville d'Asie; ce sont les mêmes sentiments qui agitent les divers personnages.

Le protégé de madame de la Sablière était lui-même un personnage très-singulier; sans apparence sérieuse, sans conduite, fort distrait, très-insouciant. Il s'est peint lui-même, en toute simplicité, dans cette épitaphe composée par lui-même :

> Jean s'en alla comme il était venu
> Mangeant son fond avec son revenu,
> Croyant trésors chose peu nécessaire.
> Quant à son temps bien sut le dépenser;
> Deux parts en fit, dont il soûlait passer
> L'une à dormir et l'autre à ne rien faire.

On retrouve cette vérité sans déguisement dans toutes les fables de La Fontaine.

La même simplicité, la même naïveté élégante donnent à son style un sublime familier.

Ce naturel, qui est entre tant d'autres le charme principal de notre fabuliste, domine tellement en lui, dit La Harpe, « qu'il dérobe au commun des lecteurs » les autres beautés de son style. Il n'y a que les » connaisseurs qui sachent à quel point La Fontaine » est poète par l'expression; ce qu'il a mis de res- » sources dans notre langue; ce qu'il en a tiré de ri- » chesses... Aucun de nos poètes n'a manié plus im- » périeusement la langue; aucun surtout n'a plié

» avec tant de facilité les vers français à toutes les
» formes imaginables. Cette monotonie qu'on repro-
» che à notre versification, chez lui, disparaît abso-
» lument... Faut-il s'étonner qu'un écrivain, pour
» qui la poésie est si douce et si flexible, soit un si
» grand peintre ! C'est de lui que l'on peut dire avec
» raison qu'il peint avec la parole... On a beau le
» savoir par cœur depuis l'enfance, on le relit tou-
» jours, comme on est porté à revoir les gens qu'on
» aime, sans avoir rien à leur dire » (1).

Et c'est là ce qui fait le meilleur panégyrique de
La Fontaine, et lui assure l'immortalité. Il est connu,
aimé de tous ; chacun le cite et nul n'oserait, entre
gens de bon ton, donner un blâme à son livre de
fables.

Comme Molière, il a été proclamé inimitable ;
comme lui, il est sans rival dans le genre qui l'a
illustré.

Ce qui est inconcevable, c'est que Boileau, qui
distribuait les palmes du génie, n'ait pas fait à La
Fontaine l'honneur de le mentionner dans ses vers.
On ne sait comment expliquer cet oubli de Despréaux.

A l'âge de soixante-deux ans, au grand mécontent-
tement de Louis XIV, qui ne voulut point sanction-
ner l'élection avant que Boileau n'eût un fauteuil, il
avait été élu membre de l'Académie française, malgré la concurrence du célèbre critique.

Despréaux dut attendre un mois encore. Mais alors
Boileau avait composé presque toutes ses œuvres.
Pour ne pas trouver son goût en défaut, on est obligé

(1) Lycée.

d'admettre que le silence de La Fontaine le faisait méconnaître, ou plutôt que sa défaveur auprès de Louis XIV avait son effet jusqu'auprès du critique.

BOILEAU (1636-1711). — Boileau, né le 1er novembre 1636 à Crosnes, près de Paris, fut l'arbitre du goût dans le xviie siècle. Il prit la place de Malherbe, et compléta, perfectionna les règles que celui-ci avait fait entrevoir. Son *Art poétique* est de beaucoup supérieur à celui d'Horace. Mais dans la satire et dans l'épitre, qu'il cultiva à l'imitation du poète latin, il resta inférieur à son modèle. Pourtant ses épîtres se distinguent par une véritable élévation, une dignité soutenue des pensées, et par une régularité, une harmonie de versification dont il donna le secret à Racine, en lui apprenant à faire difficilement les vers faciles. Son épître au roi sur le *Passage du Rhin* est un récit vraiment épique. Malheureusement, c'est un tissu de mensonges. On convient maintenant que le courage de Louis XIV fut un courage tout à fait pacifique. La flatterie dépare souvent les œuvres de Boileau, comme celles de tous les poètes de son siècle.

C'est la faute de l'époque et du système gouvernemental. Sous un roi absolu qui ne manquait pas de gloire, la poésie, protégée par lui, ne pouvait que lui rendre en hommages la protection qu'elle en recevait. C'était un acte de reconnaissance. Comme critique, Boileau fut le représentant le plus complet du bon sens français et de la raison humaine. Chrétien de principes, il le fut dans la pratique, et la moralité de ses ouvrages est irréprochable.

Sa faute fut de ne point entrevoir les lumières

qu'avait apportées le dogme catholique, et les secours qu'on en pouvait tirer pour la littérature.

Poésie épique. — Il blâma le merveilleux chrétien, et, lorsqu'il se moquait avec un goût si sûr des essais avortés faits dans le domaine de l'épopée par Chapelain, Scudéri, Saint-Amant, Desmaretz, de Saint-Sorlin et le père Lemoyne, il tenait en même temps une doctrine qui niait la poésie du christianisme, et tarissait par là la source unique de l'inspiration moderne.

Aussi, l'ode et l'épopée qui ne vivent que du merveilleux et de la foi religieuse ne présentent-elles dans le grand siècle que des œuvres médiocres.

Poésie lyrique. — J.-B. Rousseau (1670-1741). — Un disciple de Boileau pourtant fut assez heureux pour composer des poésies lyriques goûtées des gens d'esprit. Mais il a plus d'art que d'inspiration, plus de splendeur que de rhythme, d'esprit que de grandeur d'imagination ; aussi, ses œuvres ne sont-elles le plus souvent que des imitations et des paraphrases.

Il a traduit et développé David qu'il n'a jamais égalé. Trop fidèle sans doute aux préceptes de son maître, il n'ose abandonner le monde mythologique, et il nous a laissé froid et insensible, malgré la beauté de ses vers et l'harmonie de son style ; mais il sent en même temps qu'une autre source d'inspiration jaillit d'un monde plus élevé, et, trop faible ou trop scrupuleux pour s'inspirer de son Dieu et de sa religion, il prend pour guide l'admirable prophète qui chantait sur le trône les gloires de Jéhovah ; alors on retrouve, sous un art qui n'est pas assez

5

déguisé, la pensée divine dont notre âme fut nourrie, puis on applaudit le poète en applaudissant les paroles du roi.

Ces strophes ne semblent-elles pas sorties de la plume de Lamartine :

> J'ai vu mes tristes journées
> Décliner vers leur penchant;
> Au midi de mes années
> Je touchais à mon couchant;
> La mort, déployant ses ailes,
> Couvrait d'ombres éternelles
> La clarté dont je jouis;
> Et, dans cette nuit funeste,
> Je cherchais en vain le reste
> De mes jours évanouis.
>
> . . . .
> Ainsi, de cris et d'alarmes,
> Mon mal semblait se nourrir;
> Et mes yeux, noyés de larmes,
> Etaient lassés de s'ouvrir.
> Je disais à la nuit sombre :
> O nuit, tu vas, dans ton ombre,
> M'ensevelir pour toujours!
> Je redisais à l'aurore :
> Le jour que tu fais éclore
> Est le dernier de mes jours.

Malheureusement Jean-Baptiste Rousseau vivait au déclin du grand siècle et dans le commencement du dix-huitième dont il respirait déjà l'air corrompu; sa foi ne dut pas être bien solide, et sa licence fut extrême. La jalousie de Voltaire lui valut des injures qu'il méritait peut-être. Il ne sait pas intéresser longtemps.

Mais en traduisant les psaumes, avec un art supérieur, il en découvrit la majestueuse et sublime poésie.

LE FRANC DE POMPIGNAN (1709-1784). — Le Franc

de Pompignan marcha sur ses traces. Sans atteindre à la hauteur du maître, il montra dans ses odes une harmonie soutenue, une élévation digne des sujets qu'il traitait.

LE BRUN (1729-1807). — Après lui, la langue française n'a plus à nommer que Le Brun, rival de Rousseau dans l'ode et l'épigramme, mais qui dépare ses qualités par l'enflure et la dureté.

ANDRÉ CHÉNIER (1762-1794). — On a dit qu'un poète, mort sur l'échafaud par la grâce de la révolution, qu'il avait d'abord soutenue, aurait égalé, s'il avait vécu plus longtemps, Simonide et les élégiaques de la Grèce. André Chénier eut, en effet, beaucoup de grâce et de mollesse ; il avait su rajeunir son style en étudiant les poètes grecs dans leur langue ; mais il était païen de doctrine, et nous ne croyons pas qu'il eût suffi à régénérer ou plutôt à enfanter la poésie lyrique. Il ne réussit guère, en dehors de deux ou trois morceaux écrits au pied de l'échafaud, que dans la poésie érotique et pastorale. Or, dans ce genre, il avait eu des devanciers qui n'ont moins de gloire que pour avoir eu moins de malheurs.

RACAN (1289-1670). — Dans la pastorale, Racan avait eu l'honneur d'être loué par Boileau qui a dit de lui :

Malherbe d'un héros peut vanter les exploits,
Racan chanter Philis, les bergers et les bois.

Ses *Bergeries* manquent d'intérêt, mais on y trouve de grandes beautés.

SEGRAIS (1624-1701). — Mme DESHOULIÈRES (1634-1694). — Segrais s'illustrait à côté de lui en composant des églogues, tandis que Mme Deshoulières, bel esprit plutôt que poète s'attirait des éloges qu'on ne comprend plus guère.

Poésie légère. — CHAULIEU (1639-1720). — Ce furent à peu près les seuls représentants de la poésie de second ordre au xviie siècle, à moins que l'on ne nomme Chaulieu et Lafare pour leurs œuvres fugitives et licencieuses, et avant eux les beaux esprits qui fréquentaient l'hôtel de Rambouillet où s'exerçaient comme eux aux futilités littéraires, dans le sonnet, l'épigramme ou le rondeau : Maynard, disciple de Malherbe, Voiture, Benserade, Sarrasin, Gombaud et bien d'autres.

La gloire poétique de la France au xviie siècle, et même au xviiie, fut presque toute entière dans le théâtre.

Successeurs de Molière. — Après Molière, comme après Racine, se forma une école de poètes qui s'étudièrent à retrouver l'inspiration du maître.

BOURSAULT 1658-1701). — Boursault même crut rivaliser avec Molière ; mais malgré sa franche gaîté, il était écrasé par le génie de son rival.

DUFRESNY (1648-1724). — Dans le même temps, Dufresny, célèbre déjà comme dessinateur de jardins, réussissait comme comédien dans plusieurs comédies en prose ou en vers pleines d'intérêt.

REGNARD (1655-1709). — Mais Regnard les effaça

tous, et son *Joueur* lui mérite d'être placé immédia-
tement après Molière, comme Voltaire dans la tragédie suit Racine et Corneille.

VOLTAIRE (1694-1778). — La vie de Voltaire est
assez connue. Nul littérateur ne remplit un siècle de
sa pensée comme ce demi philosophe, nul n'abusa
tant de sa plume et des dons que le ciel lui avait
accordés. On ne peut refuser à cet homme une facilité
prodigieuse.

Il essaya tous les genres dans la poésie et dans la
prose, et si, comme il l'avait dit lui-même, et comme
le fait remarquer à son propos Joseph de Maistre, il
n'était pas vrai « qu'un esprit corrompu ne fut jamais
sublime, » il eût peut-être atteint la perfection dans
tous les genres. Il ne l'atteignit que dans la corruption, dans la poésie légère et fugitive. Ses essais
d'épopée ne prouvent que la dépravation de son
cœur et la légèreté de son esprit. Son poème de
Jeanne d'Arc est une honte pour la France et pour
lui; il couvrit de boue la figure la plus sainte et la
plus nationale de notre patrie. Sa *Henriade,* malgré
de belles pages et de beaux vers, est une œuvre
sèche, froide et ennuyeuse.

Comment l'auteur eut-il pu s'enthousiasmer devant la gloire, la sainteté et le ciel, lui qui faisait
profession de n'avoir aucune foi? Pourtant, il demanda quelquefois ses inspirations à la vertu et à la
religion, et alors il toucha presqu'au sublime en pro-
duisant *Mérope, Zaïre,* et quelques autres tragédies.

Mais son extrême facilité lui a fait perdre le secret
de la pureté, de l'élégance et du naïf; ses vers sont
souvent négligés et la rime dédaignée.

Caractères du Théâtre au XVIIIᵉ siècle. —

Voltaire fit plus de mal à la poésie que le temps et le mauvais goût. Il ravit la foi et l'enthousiasme à nos poètes. On ne vit plus alors ni tragiques, ni lyriques, ni élégiaques ; on n'eut plus que des versificateurs plus ou moins habiles et quelques comédiens.

BEAUMARCHAIS (1732-1799). — Car le sarcasme était devenu l'arme commune. On se servit de la comédie non plus pour ridiculiser les mauvaises mœurs, mais pour attaquer la religion, le clergé, la royauté, la morale, toutes les bases de l'ordre et de la société. C'est ainsi que Beaumarchais put faire représenter, quelques années avant 89, le *Barbier de Séville* et le *Mariage de Figaro*, satires sanglantes de l'ancienne société sur le penchant de sa ruine. La chute toutefois n'avait pas été subite.

LESAGE (1668-1747). — GRESSET (1709-1777). — DESTOUCHES (1680-1754). — Lesage avait donné un chef-d'œuvre dans son *Turcaret* ; Gresset une comédie de grand ton dans le *Méchant*, et Destouches et Piron dans la *Métromanie* s'acquirent une renommée qui ne fut pas sans cause.

LA CHAUSSÉE (1692-1754.) — Vers cette époque, La Chaussée mit à la mode une comédie larmoyante, espèce de drame comique que Voltaire imita, et qui perdit la comédie.

CRÉBILLON (1674-1762). — LA HARPE (1739-1803.) — On avait dans la tragédie opposé Crébillon à Voltaire. Ce poète n'était pas sans talent ; mais il composait de mémoire, ne retouchait pas assez, et ses tragédies, toujours sombres, sont écrites dans un style dur et incorrect. Voltaire n'eut rien à craindre de cette rivalité. Comme Racine, il eut de nombreux disciples, parmi lesquels le critique La Harpe que Gilbert stigmatisa par ces vers redoutables :

> Qui, sifflé pour sa prose, et pour ses vers sifflé,
> Tout meurtri des faux pas de sa muse tragique,
> Tomba de chute en chute au trône académique.

Disciples de Voltaire. — « Quelques-uns des disciples de Voltaire se distinguaient par d'heureuses tentatives, dit un écrivain de nos jours (1) : Guimond de la Touche, La Harpe, Lemierre, obtinrent d'honorables suffrages. De Bellay fut mieux inspiré dans le choix de ses sujets que dans la manière de les traiter.

Des noms chers à la France attachèrent à ses productions un intérêt puissant. Le spectacle de l'héroïsme national commandait l'indulgence, protégeait le succès du poète, et fait encore pardonner ses défauts. »

Ce caractère patriotique qu'on rencontre dans les tragédies de Bellay, lui doit attirer nos respects. On voudrait avoir à reproduire plus souvent le même éloge. Ce qui faisait l'enthousiasme des Grecs, c'était l'amour de la patrie et des dieux. Nous n'avons ni l'un ni l'autre.

Ducis (1733-1817). — Le xviiie siècle cependant a produit, dans le déclin général des mœurs, un homme d'un caractère pur dont le principal mérite,

(1) A. Jay. *Tableau littéraire de la France au XVIIIe siècle.*

comme auteur tragique, fut l'austérité de sa vertu.

Ducis transporta sur la scène française les drames de Shakespeare. Il les adapta à notre goût ; mais son génie n'était pas à la hauteur du poète anglais. Sans le but toujours moral de ses pièces, Ducis resterait inconnu. *Abufar* lui appartient en entier.

Nous terminerons cette revue rapide de la poésie au xviiie siècle par deux poètes qui s'illustrèrent dès leur jeune âge, et que la mort ravit trop tôt pour leur gloire et pour la nôtre : Malfilâtre et Gilbert.

MALFILATRE (1733-1767). — L'un se distingua de bonne heure dans l'ode, et l'on trouva dans ses papiers après sa mort un poème intitulé : « *Narcisse dans l'île de Vénus* », varié, brillant et harmonieux, bien qu'il péche par l'ensemble.

GILBERT (1751-1780). — L'autre aussi débuta dans l'ode, et donna un chef-d'œuvre : *Le Jugement dernier*; mais aigri par la souffrance, irrité de l'injustice de ses contemporains, il prit le fouet de Juvénal et flagella sans pitié Voltaire et son école. La satire de Gilbert révèle un talent de premier ordre, et dont les défauts sont ceux de la jeunesse et du genre.

Tous deux moururent dans la misère et l'abandon; mais le premier dut sa fin prématurée à ses débauches ; l'autre mourut méprisé des philosophes impies en chantant, comme le cygne, le plus doux de ses chants, ces strophes du jeune poète faisant ses adieux à la vie, et que tous nous redisons encore, les yeux mouillés de larmes :

> Salut, champs que j'aimais, et vous, douce verdure,
> Et vous, riant exil des bois !

Ciel, pavillon de l'homme, admirable nature,
  Salut, pour la dernière fois !

Ah ! puissent voir longtemps votre beauté sacrée
  Tant d'amis sourds à mes adieux,
Qu'ils meurent pleins de jours, que leur mort soit pleurée,
  Qu'un ami leur ferme les yeux !

Quels sentiments admirables ! quelle poésie sublime au lit de mort !

Ce n'est pas André Chénier, c'est le chantre de ces
strophes chrétiennes qui est le précurseur de Lamartine et de l'école contemporaine. Il fut immolé non
par la révolution, mais par la philosophie dont elle
était la fille.

CONCLUSION

Ainsi finit, faute de foi pour animer ses œuvres,
cette poésie qui avait jeté un si vif éclat sous le grand
règne de Louis XIV. Nous l'avons dit : le malheur
des poètes qui ouvrirent la voie et donnèrent les
règles fut d'avoir tout puisé dans le paganisme, les
idées et la forme, au lieu de s'attacher fortement aux
principes autrement féconds de la religion chrétienne, en s'appropriant ces vêtements souples, brillants et pleins de grâce dont les Hellènes avaient su
parer si avantageusement les fables de leurs poètes
et les rêveries de leurs philosophes. La Grèce avait
donné des charmes au mensonge et au vice. Ce ne
pouvait être notre idéal, ce ne devait pas être notre
but. On tomba cependant dans cette faute. On reprit
des idées qui n'avaient plus le mérite de la nouveauté, en ayant le tort du ridicule et du mensonge

reconnu. On ne fut donc ni grec, ni français, ni chrétien, ni païen.

Parmi nos poètes, La Fontaine et Molière furent seuls véritablement français ; Corneille et Racine seuls furent tout à fait chrétiens ; encore ne faut-il prendre que le Racine des derniers temps. Boileau, qui régla tout si judicieusement au point de vue de la forme, brouilla tout au point de vue du fond, et mérita plusieurs fois les reproches qu'il adressa à Ronsard. Jamais homme n'eut plus de goût, plus de raison ; jamais homme ne fit tant de bien à la langue poétique, mais jamais homme ne fit tant de mal à la poésie, à cause de l'autorité qui s'attachait à son nom.

En réglant Racine qui sortait de l'école si chrétienne de Port-Royal, et qui ne devait écrire que pour le théâtre et pour l'église, il nous donna le plus poli, le plus correct, le plus harmonieux de nos poètes ; mais il trompa ceux qui l'écoutèrent trop, et qui n'avaient pas, comme Racine, le don d'un génie merveilleux et d'une éducation toute particulière. On ne pouvait avoir foi dans les Dieux quand on avait à peine foi dans la religion catholique ; on ne pouvait se prendre d'enthousiasme devant les principes de la gentilité ou de la philosophie, quand on recevait froidement ceux de la religion de Jésus-Christ, ou qu'on n'apprenait plus à les connaître. L'oubli des principes, l'absence des grandes idées, la pauvreté des esprits et l'abaissement des caractères, s'unissant à une idolâtrie de la forme, à une observation exagérée de la règle, à une imitation inintelligente et ridicule des mots, des tournures, des images de Racine et de Boileau, sans souci de la vérité philosophique et religieuse, des croyances et de la vertu, amenèrent promptement la dégénérescence et bientôt la ruine totale de notre poésie.

Après le grand siècle, il n'y a plus rien.

Si on lui ôte Voltaire, le poète de l'incrédulité et de la corruption, le dix-huitième siècle n'a produit aucun poète. Il était temps qu'une renaissance chrétienne montrât à la littérature où étaient les véritables sources de l'inspiration. Elle se fit dans notre siècle avec des excès, avec des écarts, comme il arrive dans toute réaction soudaine, mais aussi avec des œuvres sérieuses et durables qui présageraient une nouvelle ère à la poésie française si, d'une part, le paganisme renaissant, de l'autre, la révolution grandissante, de tous côtés le règne absolu de l'indifférence religieuse et de la corruption morale, permettaient de croire encore qu'il y a assez de générosité dans les cœurs, assez de force dans les esprits pour faire chanter aux hommes, sur un mode noble et inspiré, les beautés de la nature et les merveilles du Créateur.

FIN DE LA POÉSIE FRANÇAISE.

CINQUIÈME PARTIE

POÉSIE ÉTRANGÈRE

I. POÉSIE ITALIENNE

SIÈCLE DE DANTE. — Bien que plus voisine des sources, aussi favorisée par son climat, l'Italie demanda d'abord ses inspirations aux états pacifiques des rois de Provence. Elle rapporta du gai pays des troubadours la rime, la chanson, les ballades, le culte de la poésie amoureuse et des chants romanesques.

Sa langue paraissait moins avancée que la nôtre au XIIIe siècle, si l'on en croit l'admiration de ses maîtres dans ce temps-là. Soudain elle s'éleva de terre, devança toutes les autres langues de l'Europe et arriva la première à sa perfection.

Dès le moyen-âge la poésie italienne produisit des monuments dont la délicatesse moderne a reconnu le sublime caractère.

DANTE ALIGHIERI (1265-1321). — Dante Alighieri fut l'homme providentiel qui accomplit ce prodige.

Il n'y a qu'Homère dans l'antiquité qui puisse ôter la palme de l'épopée au grand poète de Florence. Comme le chantre d'Achille, Dante fut par-dessus tous les autres un génie créateur. Il ne suivit point, comme Virgile avant lui, comme plus tard Torquato Tasso, les voies tracées par le premier modèle du

genre épique, il se fraya une nouvelle route, et conçut
un chef-d'œuvre. La Divine Comédie est certainement
le plus grand monument littéraire du moyen-âge.
Il faut se garder de l'engouement si naturel aux
époques de réaction. Dante n'a pas toujours été goûté
dans notre pays. Peut-être l'est-il trop de nos jours,
mais on ne peut disconvenir que son poëme touche
aux plus grandes questions qui intéressent l'homme,
celles de nos fins dernières, et que, si le plus grand
caractère de l'épopée est d'embrasser d'un regard
une époque, un peuple, une civilisation, aucun ouvrage n'a cette qualité au même degré que cette
Divine Comédie qui fait passer sous nos yeux l'humanité tout entière, dans tous les lieux, dans tous les
temps, même ceux de l'éternité. On ne peut nier que
la conception, le plan de l'ouvrage ne soient sublimes
et fort au-dessus de tout ce qu'on avait imaginé
jusqu'alors. Jamais ce poëme ne perdra son intérêt,
parce que toujours l'homme aura à s'occuper de son
avenir, et à savoir quelles peines ou quelles récompenses lui sont réservées au-delà de cette vie. Les
peuples sceptiques ne sont pas exempts de cette pré-
occupation.

L'homme le plus incrédule, le plus indifférent
tremble encore, s'il y pense, au moment de la mort.

Dante n'est pas seulement un poëte, c'est un théologien formé à l'école de saint Thomas, dont il connaît à fond la vaste encyclopédie. Sa doctrine est
sûre, saine et profonde. La plus prodigieuse marque
de son talent, à notre avis, c'est qu'il sait donner une
couleur, une animation, une poésie enfin saisissante
et magique à ces doctrines savantes, précises autant
que profondes, mais sèches, froides, ennuyeuses,

échafaudées sur les arguments de l'école, hérissées de citations et de formules philosophiques. Cette métaphysique pourtant, jointe à de continuelles allusions historiques et mythologiques, rend quelquefois les tercets obscurs et incompréhensibles. Mais aussi quelle puissance, quelle énergie foudroyante dans ces sombres tableaux des misères éternelles ! Quelle satire sanglante des vices et des péchés qui souillent les hommes ! On a parlé du fouet de Juvénal, des ïambes d'Archiloque, qui mettaient le désespoir dans les cœurs ; mais quel poète eut jamais dans ses mains une arme aussi terrible que cet homme qui se fait le distributeur des vengeances divines ?

« *Lasciate ogni speranza...* Laissez toute espérance. »

La Divine Comédie se compose de tercets roulant sur deux rimes entrelacées de telle sorte que le dernier vers d'un tercet rime avec le dernier du suivant. Une symétrie parfaite préside à l'ensemble et au détail.

Les châtiments ont leur degré comme les vices : les trois parties de la trilogie s'enchaînent, se justifient, se complètent mutuellement ; l'étendue en est presque la même.

L'Enfer a neuf cercles qui vont se rétrécissant jusqu'au centre de la terre. C'est là qu'au fond du gouffre Lucifer enchaîné dévore éternellement les trois traîtres à la religion, à la famille, à la patrie incarnée dans César : Judas, Caïn et Brutus.

On n'accomplit cette descente ténébreuse qu'avec un accroissement d'épouvante.

Comme il arrive toujours, le spectacle des châti-

timents est beaucoup plus effrayant dans ce poëme
que n'est consolant le tableau des récompenses. L'enfer est la partie de la Divine Comédie où l'imagination
stupéfaite, anéantie, est le plus dominée par le génie
du poète.

On est saisi d'un frisson glacial dès qu'on ouvre la
porte.

> *Per me si va nella città dolente,*
> *Per me si va nell' eterno dolore,*
> *Per me si va tra 'la perduta gente.*
>
> . . . .
> *Lasciate ogni speranza voi ch'entrate.*

Le tressaillement redouble à chaque pas. Ce sont,
en effet, des pleurs, des cris, des souffrances, un tumulte indicibles.

> *Quivi sospiri, pianti, e alti guai*
> *Risonavan per l'aere senza stelle,*
> *Per ch'io al cominciar ne lagrimai.*
>
> *Diverse lingue, orribile favelle,*
> *Parole di dolore, accente d'ira,*
> *Voci alte e'fioche, e suon di man con elle.*
>
> *Facevano un tumulto, il qual s'aggira*
> *Sempre'n quell'aria senza tempo tinta,*
> *Come la rena, quando il turbo spira.*

Ils rentrent ensuite dans le premier cercle. Le trem-
blement qui agite Dante se communique au lecteur,
et c'est ainsi jusqu'à la fin. Qui n'a cherché à imiter
dans son enfance la description fameuse d'Ugolin et
de Roger? Ugolin n'est pas éloigné du fond de l'abîme.
Dante est encore sous le coup de l'émotion que lui a
causée ces horribles tortures, quand il se trouve en
face de Satan, aux extrémités du séjour des damnés.

Alors, accompagné toujours de Virgile qui l'a guidé dans les enfers, il remonte le long du dos de Satan, qu'il suppose former l'axe de la terre, pour visiter les sept plateaux circulaires du Purgatoire. Arrivé dans le dernier, il quitte Virgile qui ne peut l'introduire dans le ciel parce que lui-même est mort païen. C'est Béatrix où la théologie personnifiée qui conduit à son tour le poète à travers les sept cieux des planètes, jasqu'à ce qu'ils aperçoivent la Divinité sous la forme d'un triangle de feu. Dante a parcouru le monde surnaturel ; la vision s'évanouit, le voyage est terminé.

Tel est le cadre de cette œuvre colossale, qui surpasse tous les poëmes purement humains pour l'immensité du plan, la sublimité des idées, la richesse de l'imagination, la profondeur et l'étendue de la science.

Poète, théologien, historien, philosophe, Dante est toujours grand même dans ses défaillances. On peut lui reprocher quelques scènes grotesques, mais elles sont plus rares que le siècle de l'auteur ne le donnerait à supposer. Elles ne sont d'aucun appui pour ceux qui voudraient ériger ce défaut en système.

Un reproche plus sérieux fait à Alighieri, c'est celui de sa partialité tant qu'il reste Gibelin. Il est rancuneux contre sa patrie. Il écoute quelquefois la passion personnelle plutôt que le bon sens et la justice, dans la distribution des châtiments qu'il inflige. Cette erreur politique, le rend oublieux de ses devoirs envers la patrie et la prudence chrétienne le rend injuste envers les papes qui combattent le parti gibelin ou impérial, dont il avait adopté les principes.

Ebloui sans doute par ses grandes vues d'unité, par son admiration pour la puissance romaine, pour la grande idée qu'il s'était faite de l'autorité du dieu vengeur, Dante ne comprit pas d'abord que la papauté assurait la grandeur et la gloire de l'Italie, et que l'Empire n'avait pas d'autre but que de soumettre la Péninsule à l'influence allemande. Il revint dans la suite à des sentiments plus justes des intérêts politiques et moraux de sa patrie.

Mais déjà bien des sentences aussi injustes que terribles étaient burinées dans ses vers.

Les mêmes raisons sans doute le rendirent trop indulgent à l'égard de quelques païens. L'idée de se faire conduire par Virgile dans l'Enfer et le Purgatoire est tout au moins singulière.

Pourquoi aussi accorder tant d'importance à la mythologie dans un sujet si chrétien ? Il est vrai que Dante use le plus ordinairement des fables païennes dans le sens chrétien, c'est-à-dire qu'il considère les divinités et les monstres du paganisme comme autant de démons ou de damnés. Par là il se ménage des ressources immenses d'horreur et d'épouvante ; il parvient à former une hiérarchie complète dans « la cité où l'on pleure ».

Du reste, il faut tenir compte à l'auteur de l'époque où il vivait, concevoir l'enthousiasme bien naturel qu'il devait avoir pour ces poètes de la gentilité qui lui ouvraient de si grands horizons dans les lettres. Il ne faut pas oublier qu'un saint pape met Trajan dans le ciel, et que des théologiens sérieux n'ont point blâmé cette opinion. C'est en réalité la doctrine de saint Paul et de l'Eglise catholique que les païens peuvent être sauvés quand ils croient à l'existence d'un dieu maître et sauveur des hommes, et qu'ils pratiquent les devoirs de la loi naturelle. Dante eut de grands défauts comme caractère ; son œuvre eut aussi des imperfections d'autant plus sensibles qu'elle même était plus majestueuse. Mais si l'on compare le Tartare et l'Elysée décrits dans l'*Enéide* aux neuf cercles infernaux et aux sept rangées des sphères célestes de la Divine Comédie, on ne peut disconvenir qu'il n'y ait une immense différence entre le petit point de vue mythologique et la grande trilogie chrétienne. La description de Virgile paraît pâle auprès de ce drame éternel auquel Dante, comme un divin esprit, convie l'humanité tout entière.

Dante assurément n'a pas au même degré que celui qu'on a surnommé le cygne de Mantoue cette douceur et cette mélodie du vers qui charme l'oreille, mais ce serait une erreur de croire qu'il est sans harmonie.

Il vivait dans un siècle où la langue littéraire de l'Italie n'existait pas ; il l'a créa belle et durable. En plein moyen-âge, au XIVe siècle, il entreprit de lui donner cette forme régulière et pure qu'il admirait dans les poètes antiques alors que personne ne soupçonnait même les beautés du langage. Cependant, malgré sa passion pour les lettres païennes, malgré son penchant pour les doctrines de Platon, il demeura sur les hauteurs du christianisme, supérieur à Platon par la haute et incomparable philosophie de l'Eglise catholique. Il sut ainsi demeurer dans la vérité de la foi tout en marchant sur les traces de Virgile qu'il prenait pour maître dans l'art de faire des vers.

« Dante, venu deux siècles avant Shakespeare, ne trouve rien en arrivant au monde. La société latine expirée avait laissé une langue belle, mais d'une beauté morte, langue inutile à l'usage commun, parce qu'elle n'exprimait plus le caractère, les idées, les mœurs et les besoins de la vie nouvelle. La nécessité de s'entendre avait fait naître un idiôme vulgaire employé des deux côtés des Alpes du midi, et aux deux versants des Pyrénées-Orientales. Dante adopta ce bâtard de Rome que les savants et les hommes du pouvoir dédaignaient de reconnaître ; il le trouva vagabond dans les rues de Florence, nourri au hasard par un peuple républicain, dans toute la rudesse plébéienne et démocratique. Il communiqua au fils de son choix sa virilité, sa simplicité, son indépendance, sa noblesse, sa tristesse, sa sublimité sainte, sa grâce sauvage. Dante tira du néant la parole de son esprit ; il donna l'être au verbe du génie ; il fabriqua lui-même la lyre dont il devait obtenir des sons si beaux, comme les astronomes qui inventèrent les instruments avec lesquels ils mesurèrent les cieux. L'Italien et la *divine comédie* jaillirent à la fois de son cerveau ; du même coup l'illustre exilé dota la race humaine d'une langue admirable et d'un poème immortel. » (1)

Dante avait donné l'exemple et façonné l'instrument. Il fut aussitôt suivi dans cette voie nouvelle. L'Italie avait désormais une littérature italienne. La langue allait acquérir par le travail de Pétrarque et de Boccace le moelleux et la grâce qui lui manquaient encore.

(1) Châteaubriand. *Essais sur la littérature anglaise.*

PÉTRARQUE (1304-1374). — Pétrarque naquit dans
la ville d'Arezzo et fut élevé en France, où son père
s'était retiré pour chercher la tranquillité qu'il ne
pouvait trouver au milieu des querelles des Gibelins
et des Guelfes. Le jeune Pétrarque étudia successivement à Avignon, à Carpentras et à Montpellier;
puis il alla à Bologne suivre des leçons de droit.
Mais la poésie était maîtresse de son âme. A la mort
de son père, il revint à Avignon. C'est alors qu'il
conçut pour Laure de Noves cette passion célèbre
qui demeura idéale, et qui fit le sujet de ses plus
beaux chants.

Retiré dans sa maison de campagne à Vaucluse,
ou voyageant pour se distraire à travers l'Allemagne,
l'Italie et la France, Pétrarque acquit par ses talents
et par sa science une renommée universelle. Les
papes, les princes, les empereurs s'empressaient de
lui donner des marques de leur estime. Rarement
un homme eut sur ses contemporains une influence
aussi considérable. L'Université de Paris et le Sénat
de Rome l'invitèrent à venir recevoir la couronne de
poète dans ces villes fameuses. Il préféra monter en
triomphateur au Capitole. Il y monta en grande
pompe le jour de Pâques de l'année 1341, et suspen-
dit sa couronne de laurier à la voûte de Saint-
Pierre.

La France revit encore Pétrarque; mais il établit
désormais son séjour en Italie, partagea son temps
entre l'étude et les services qu'il rendait aux princes
et aux républiques comme ambassadeur ou comme
conciliateur, et mourut d'une attaque d'apoplexie,
tandis qu'il travaillait dans sa bibliothèque, le
15 juillet de l'année 1374.

Son érudition était immense ; il était également versé dans les lettres sacrées et profanes ; il écrivit de nombreux ouvrages et des poésies en langue italienne. La postérité a donné peu d'attention à tous ces livres, mais elle a regardé comme des chefs-d'œuvre ses sonnets et ses *canzoni* en langue italienne. Par cette poésie, dont le caractère est la douceur et la noblesse, Pétrarque s'est fait le continuateur de Dante. Comme lui il a cherché à répandre le goût de l'antiquité grecque et latine, et lui-même il prêcha d'exemple en recherchant les manuscrits.

Il fit le premier connaître Sophocle en Italie, rendit aux lettres les *institutions oratoires* de Quintilien, et réussit à imprimer un mouvement enthousiaste à la littérature nationale.

Boccace, son disciple et son ami, fit pour la prose ce que Pétrarque avait fait pour les vers, et on put croire en ce moment qu'une ère de grandeur s'ouvrait pour la langue nouvelle de l'Italie.

XVe siècle. — Invasion de l'érudition. — Cet essor fut arrêté par le goût de l'érudition qui envahit tous les esprits durant le xve siècle. Pétrarque et Boccace avaient inspiré à leurs compatriotes cet amour de l'antiquité païenne. La chute de Constantinople le développa en jetant en Italie une foule de Grecs distingués qui apportèrent avec eux les chefs-d'œuvre de leurs poètes et de leurs orateurs. On se prit d'une véritable passion pour les langues de Démosthène et de Cicéron. On érigea des chaires de grec et de latin où tous les beaux esprits du temps vinrent étudier à leurs sources les beautés de ces deux langues littéraires.

Mais ce travail d'érudition arrêta l'élan poétique et national au lieu de le favoriser. Ceux qui avaient appris à parler éloquemment, à écrire harmonieusement la langue latine, ne crurent pouvoir mieux faire que d'imiter les poésies de Virgile et les harangues de Cicéron. Quelques-uns osèrent écrire en grec, et ce ne fut pas toujours sans succès. Politien écrivit dans cette langue des vers aussi faciles que ses vers italiens.

POLITIEN. — LAURENT DE MÉDICIS. — Ange Politien était le précepteur des enfants de Laurent de Médicis, surnommé *le Magnifique*. Ce prince, fils du fameux Côme de Médicis qui avait accueilli les Grecs, comprit, tout en admirant l'antiquité, que la gloire de la nouvelle Italie sortirait de la langue nationale. Il entreprit d'unir le présent avec le passé et de remonter à Dante et à Pétrarque. A l'imitation de ce dernier, il composa des sonnets et des *canzoni* qui ne valent point les gracieuses élégies du chantre de Laure, mais qui témoignent d'un effort intelligent et généreux.

Probablement pour répondre au désir du prince, Politien abandonnait quelquefois le grec et le latin pour la langue moins savante de la patrie. Il s'est distingué surtout par la création d'un nouveau drame, qu'on a appelé *la Tragédie pastorale*. C'est l'églogue de Virgile agrandie pour la scène et mêlée de chants, le point de départ du drame lyrique.

FREDERICO LUZZI. — LE TRISSIN. — Vers le même temps, Frederico Luzzi essayait d'imiter Dante, dans un poème allégorique intitulé : *Quadriregio* ou le poème des *Quatre règnes*, tandis que le Trissin (Trissino) renouvelait, dans son *Italie délivrée des Goths*, l'épopée homérique et virgilienne.

PULCI. — D'autres poètes essayaient de transformer le poème épique en l'alliant au drame et à la satire. De là le roman chevaleresque *Morgante il Maggiore* (Morgant le Géant), du poète florentin Pulci, et l'*Orlando inamorato,* de Boiardo.

Ce n'étaient que des essais plus ou moins infructueux; mais les deux derniers poèmes que nous venons de nommer ouvrirent une nouvelle voie à une homme de génie, et il la parcourut avec un rare bonheur. C'était l'Arioste.

Siècle de Léon X. — L'ARIOSTE. — (1494-1533.) — L'Arioste naquit à Reggio de Modène. Destiné au barreau par son père, il ne put résister à son goût pour la poésie. Après avoir fait plusieurs comédies, il s'attacha à la cour de la maison d'Este.

Son œuvre, mêlée de sérieux et de comique, de gracieux et d'horrible, a reçu le nom d'épopée romanesque. Ce n'est, à vrai dire, ni une épopée antique, ni un grand poème à la manière de Dante, ni un roman, ni une satire. C'est une combinaison de tous les genres où l'emportent cependant le merveilleux et les caprices de l'imagination.

L'action se passe au temps de Charlemagne et de Roland dont la folie furieuse a fourni le titre du poème. Il est difficile d'analyser ce roman poétique. Je crois qu'on a surfait l'Arioste, qu'on le vante plus qu'on ne le lit. Comment pouvons-nous trouver tant d'intérêt à ce poème long et extravagant, lorsque

nous supportons à peine, nous, hommes blasés du
XIXᵉ siècle, la lecture du poème si court et si simple
à la fois du doux et sensé Virgile. Assurément, c'est
une affaire de tradition, un jugement de bon ton.
L'Arioste est un grand poète, il serait téméraire de
le nier. Son imagination est prodigieuse, son art plus
enchanteur que celui de ses magiciens. Il était difficile de sortir plus heureusement de ce labyrinthe
après s'y être engagé. Mais nous pensons que le tort
fut de s'y engager. La première beauté d'une œuvre
est dans l'unité, dans la simplicité et dans la proportion. Ce roman est une suite d'actions qui se multiplient et se pressent tumultueusement. L'unité n'en
est que factice, et, malgré le charme de quelques
épisodes et l'harmonie des vers, il faut un vrai courage pour entrer dans cette mêlée de monstres, de
paladins et d'enchanteurs, sans abandonner la lecture
au milieu ; il faut une mémoire vaste et bien orga-
nisée pour aller jusqu'au bout sans oublier le commencement, le héros principal et le but de l'auteur.

Soutenir durant environ cinquante pages un tel
choc d'actions qui se croisent en augmentant toujours,
d'épisodes bizarres et fantastiques qui les morcellent
et les allongent, c'est pour nous, qui n'avons aucune
foi dans la vertu des enchantements, qui ne leur
trouvons peut-être aucune poésie, c'est une tâche peu
égayante et vraiment difficile.

Invraisemblables souvent, licencieux presque toujours, ces longs récits seraient depuis longtemps ou-
bliés, si la grâce du style, la facilité et l'abandon du
narrateur ne leur donnaient un véritable charme
pour qui prend le soin de n'écouter cette mélodie que
par intervalles mesurés.

« On dirait, en lisant son poëme, que les vers ne devaient pas plus coûter à l'Arioste qu'à quelques-uns de ses héros les plus grands coups d'épée qu'ils s'amusent à distribuer. Il n'en est rien pourtant. A cette imagination de fée, l'expression n'arrivait qu'après de longues fatigues de cerveau, que prouvent assez les nombreuses ratures dont son manuscrit est couvert. Il n'est pas de stance qu'il n'ait soumise à la critique éclairée de ses nobles amis de Rome, Bibbiena, Navagero, Sadolet, Bembo. » (1)

L'impression de l'*Orlando furioso* fut protégée par une bulle du pape Léon X, qui punissait d'une amende de 200 florins tout imprimeur assez peu scrupuleux pour publier l'ouvrage sans le consentement de l'auteur.

ACTION DE LÉON X SUR LES LETTRES. — Ce grand pape était alors à la tête du mouvement artistique et littéraire qui illustra le xvie siècle en Italie. Les peintres, les sculpteurs, les lettrés et les savants se donnaient rendez-vous à sa cour pour implorer sa protection et rechercher sa renommée.

SANNAZAR, VIDA. —Comme il avait accordé quelques faveurs à l'Arioste, il donna à Vida l'idée de la *Christiade*, et encouragea Sannazar dans la composition de son poëme de l'*Enfantement de la Vierge*. Il est fâcheux que ces ouvrages soient écrits en latin, et comme tous ceux de cette époque empreints de naturalisme païen. Le style en est pur, élégant, facile et presque virgilien. Mais il était difficile d'égaler les Romains

(1) Audin, *Léon X*, chap. xxxi.

5**

dans leur langue après que Virgile et Horace avaient paru ; il était ridicule de mêler la mythologie païenne aux mystères du Christianisme.

TORQUATO TASSO (1541-1595). — Sans être exempt de tous leurs vices, le Tasse ne commit point la faute d'écrire dans une langue étrangère. Il semble qu'il était prédestiné pour la poésie ; son père, Bernardo Tasso s'était acquis une grande réputation par ses compositions poétiques. On prétend que lui-même composa des vers à sept ans, et qu'il en avait à peine dix-sept quand il entreprit la composition de son poëme de *Renaud*. Cet ouvrage est plein de tours affectés, de faux brillants, de concetti, comme on en trouve dans les meilleurs poètes italiens, même dans Pétrarque. Torquato Tasso composa aussi des sonnets, des *canzoni* et même une tragédie, mais son chef-d'œuvre est sa grande épopée sur *la délivrance de Jérusalem par Godefroy de Bouillon*.

Le Tasse fut en butte à toutes les infortunes. Tour à tour exilé, emprisonné, obligé de fuir Ferrare, où il avait été attaché à la cour du duc, il fut réduit à la misère, souffrit de la faim, et n'eut pas la consolation de voir son génie reconnu de tous. Ses détracteurs surpassèrent même en nombre ceux qui admiraient ses œuvres. Après vingt ans de tourments et d'humiliations, il fut appelé à Rome par le pape Clément VIII, qui avait résolu de lui donner solennellement la couronne de laurier. Au moment où il allait enfin jouir d'une gloire si chèrement acquise, il fut saisi tout à coup par la maladie, et mourut pendant qu'on faisait les préparatifs de son triomphe, à l'âge de 51 ans.

Mais il laissait une œuvre qui ne périra pas : *la Jérusalem délivrée.*

Il était difficile, au temps où vivait le Tasse, de trouver un sujet d'épopée plus grandiose, plus favorable au merveilleux chrétien que celui de ces expéditions religieuses et guerrières qui jetaient toute l'Europe sur l'Orient pour la délivrance du tombeau d'un Dieu. C'était la foi qui les entreprenait, la foi qui les soutenait. L'union des Grecs contre la ville de Troie n'était qu'un jeu auprès de la coalition des peuples de l'Occident pour arrêter le flot de l'invasion musulmane qui s'était répandu déjà dans l'Asie-Mineure, l'Afrique et une partie de l'Europe.

Or, cette guerre n'était pas entreprise sur l'ordre des rois, mais à la voix d'un moine, Pierre l'Ermite, sous la conduite d'un chevalier, Godefroy de Bouillon.

Aussi, malgré l'indifférence religieuse de notre temps, il nous est impossible de ne pas nous intéresser à un poëme qui nous fait assister aux grandes luttes de la civilisation contre la barbarie.

La postérité a été plus juste pour le Tasse que ses contemporains.

Malgré cela, il semble qu'il soit dans la destinée de ce grand homme d'avoir toujours des détracteurs.

La *Jérusalem délivrée* a été l'objet des plus vives attaques, aussi bien que de l'admiration la plus enthousiaste. Boileau ne peut pardonner au Tasse d'avoir quitté l'Olympe pour le ciel chrétien. Or, on sait que Boileau fit école.

TASSONI (1565-1635). — Par une bizarrerie inconcevable chez un homme d'un goût aussi sûr, il accorde une mention honorable au poëme peu sérieux

et prolixe, *la Secchia rapita*, le *Seau enlevé*, du poète
Tassoni.

O toi qui sur ces bords qu'une eau dormante mouille,
Fis combattre autrefois le rat et la grenouille,
Qui, par les traits hardis d'un bizarre pinceau
Mis l'Italie en feu pour la perte d'un seau,
Muse, prête à ma bouche une voix plus sauvage... etc. (1)

Cet ouvrage fut composé pour tourner en ridicule
une guerre suscitée entre Bologue et Modène à l'occasion d'un seau enlevé par des paysans de Modène
sur le territoire d'un village de Bologne. Le ton en
est plaisant et l'auteur ne manque pas d'esprit. Mais
le style en est diffus et le sujet frivole. Ce n'est pas
assez pour expliquer l'admiration de Despréaux. Il
est vrai que l'auteur de l'*Art poétique* était alors l'auteur du *Lutrin*. Quoi qu'il en soit de cette préférence
incomprise, tous les critiques n'ont pas été de l'avis
de Boileau. Voltaire au contraire rabaisse Tassoni et
surfait Torquato. Il ne trouve rien au-dessus de la
Jérusalem délivrée, et proclame l'auteur plus grand
qu'Homère. Châteaubriand en admire la composition
il trouve que les caractères y sont savamment des-
sinés, et que le poète brille plus que tous les autres
par son imagination. Mais il lui reproche d'être faux
dans la peinture des sentiments, et d'avoir manqué
de hardiesse pour user du merveilleux chrétien qu'il
cherche à remplacer par les inventions de la magie.

C'est, on le voit, le contre-pied de Despréaux.

Il nous semble que Marmontel est plus près de la
vérité dans ce parallèle qu'il établit entre l'Arioste et
le Tasse :

(1) Le *Lutrin*.

« L'Arioste, en se jouant de l'héroïsme et de la galanterie chevaleresque et surtout du merveilleux de la magie, employa l'imagination la plus brillante et la plus féconde à renchérir sur la folie des romans. Par le brillant coloris de sa poésie, la gaieté qu'il mit au récit des aventures de ses héros, la grâce, la variété, la facilité de son style, il a fait d'une composition insensée, un modèle de poésie, d'agrément et de goût.

» L'autre, plus sage et plus sévère, au lieu de se jouer de l'art, en a subi les lois et vaincu les difficultés par la force de son génie. Plus animé que l'*Enéide*, plus varié que l'*Iliade* et d'un intérêt plus touchant, si son poëme n'a pas des beautés aussi sublimes que ses modèles, il en a de plus attrayantes et se soutient à côté d'eux. L'Arioste et le Tasse firent donc oublier le Boyardo et le Pulci, qui leur avaient ouvert la route ; mais en puisant dans les nouvelles sources, ils les tarirent pour jamais. » (1)

Avec le Tasse, en effet, finit la liste des grands poètes de l'Italie au xvie siècle. Le xviie siècle fut tout à fait stérile.

La corruption avait été grande au moment de la naissance des lettres ; le naturalisme païen dominait dans les âmes. On en voit la preuve dans les ouvrages des poètes. On n'imagine pas à quelle licence se livra l'Arioste et même le Tasse, dans ses poésies secondaires.

Corruption des mœurs. — Invasion du mauvais goût. (xviie siècle). — L'enthousiasme

(1) *Eléments de littérature.* Article : Poésie.

pour les anciens, la force de la nouveauté, la puissance du merveilleux moderne, encore inexpérimenté, tinrent un moment lieu de principes et de morale. Du reste, la foi se mêle facilement, en Italie, aux erreurs doctrinales et à la corruption des mœurs. La mythologie, l'amour des lettres et le respect de la foi se fondaient ensemble chez les littérateurs du siècle de Léon X, comme on en peut juger par le mélange de scepticisme et de foi, de sagesse et d'immoralité qui remplit toutes leurs œuvres.

Le premier feu passé, tout disparut sous les ruines morales. Le mauvais goût domina à tel point qu'on ne trouve pas un seul poète qui en soit exempt.

Guarini (1537-1612). — Ce mauvais goût que Guarini avait révélé dans des opéras qui ne manquent point pourtant de grâce, de richesse et d'imagination, fut tout à fait mis à la mode par Marini.

Marini (1569-1625). — Soutenu par le cardinal Aldobrandini, qui avait protégé le Tasse dans ses dernières années, il séduisit les Italiens par la facilité et la fécondité de son génie. Il était doué d'une grande étendue d'esprit et d'une véritable originalité; mais il força son talent, exagéra le brillant de son esprit. On imita ses défauts comme ses qualités, et l'Italie qui avait enseigné les lettres au monde, devint une école de mauvais goût où régnait la manie de l'affectation, du bel esprit, du faux brillant. Cette école étendit ses rameaux jusqu'en France et en Espagne. Elle pervertit tous les esprits en Italie, et il fallut qu'une étrangère, Christine de Suède, protégeât une société qui s'était donné pour mission d'épurer le goût.

C'était le moment où la France resplendissait de la gloire de ses poètes. L'éclat de notre littérature ne fut pas sans influence en Italie.

L'Arcadie romaine. — Les poètes de l'*Arcadie romaine* (c'était le nom de la société soutenue par Christine) produisirent peu d'œuvres remarquables ; ils se bornaient à cultiver la poésie pastorale.

XVIIIe siècle. — MÉTASTASE (1698-1782). — Mais, au commencement du xviiie siècle, le fils d'un pauvre artisan élevé par le jurisconsulte Gravina, qui l'exerça de bonne heure à la poésie, étudia le théâtre de Corneille et de Racine, et transporta dans l'opéra les notions de bon goût qu'il avait puisées à leur école. Son succès fut inimaginable. Les sujets qu'on traite d'ordinaire pour la scène lyrique ne lui permettaient pas de composer des caractères comme ceux de Corneille ou de Racine; ses héros ne sont point héroïques. La galanterie fait plutôt leur mérite ; mais sa langue est pure, son élégance soutenue ; sa poésie est une musique.

Il ne rejette cependant pas toutes les antithèses, témoin ces paroles de Timonte, en face de son fils, dont il vient de se reconnaître le frère, et où le contraste des idées et des mots produit véritablement un effet pathétique :

Misero.....	Malheureux.....
Il tuo destin non sai	Tu ne sais pas ton destin
Ah! non gli dite mai	Ah! ne lui dites jamais
Que l'era il genitor.	Quel était son père.
Come in un ponto, odio!	Comme en un instant, chose affreuse !
Tutto cangio d'aspetto !	Tout change d'aspect !
Voi foste il mio diletto ;	Vous étiez mon amour ;
Voi siete il mio terror !	Vous êtes ma terreur.

Malgré les éloges dont on le combla, Métastase ne se laissa pas éblouir par la fortune. Dans ses plus grands triomphes, il fut toujours simple et modeste. Il a composé plus de soixante pièces lyriques et une foule de morceaux en tous genres. Une de ses principales productions théâtrales, l'*Olympiade*, fut surnommée la divine par l'enthousiasme des Italiens. Il n'avait point pourtant donné l'élan qui ramenait les lettres aux bons principes.

Du drame en Italie. — APOSTOLO ZENO (1669-1750). — Avant lui, Apostolo Zeno avait essayé d'introduire la tragédie grecque sur la scène italienne à l'imitation des Français.

La France était toujours restée dans un état inférieur. En Italie, le cardinal Bibbiena paraît avoir composé la première tragédie régulière à la fin du XVe siècle.

Le Trissin, Machiavel, l'Arioste tentèrent aussi les chances de la scène, mais l'art dramatique était resté dans son enfance. Apostolo Zeno tenta de le réformer; c'était un poète de mérite. Ses efforts ne furent pas stériles. Métastase lui dut une partie de ses succès. Mais la scène italienne attendait encore un poète tragique.

MAFFEI (1675-1755). — Maffei crut pouvoir le lui donner. Né à Vérone, en 1675, Scipion Maffei était un savant et un érudit plutôt qu'un poète. Il écrivit beaucoup pour le théâtre et blâma la manière des Français. Il prétendit sans doute réformer l'art de Corneille qu'il attaquait, car il donna une tragédie selon ses idées, sur le sujet de *Mérope* que Voltaire traita chez nous avec tant de bonheur.

Le succès fut considérable. L'intérêt de la pièce est réel. Pourtant il y a loin de cette imitation d'Euripide à nos belles tragédies. Maffei le sentit peut-être. Il s'arrêta en chemin, et ce ne fut que plus d'un demi-siècle après que Victor Alfieri parvint enfin à enrichir sa patrie de véritables tragédies.

ALFIERI (1749-1803). — Ce poète était né à Asti en Piémont. Il dissipa sa jeunesse dans les voyages et les plaisirs. Mais, à vingt-six ans, il se prit de passion pour le travail, refit ses études, et composa coup sur coup quinze tragédies, dont quelques-unes imitées des anciens.

Son système théâtral est à peu près le nôtre. Il supprime ordinairement les personnages secondaires. Son style est énergique et chaleureux, mais parfois un peu dur. Il vise à la grandeur et à la passion plutôt qu'à la sensibilité, et, comme nos dramatiques modernes, ne respecte pas toujours la vérité historique.

Ses principales tragédies sont : *Agamemnon, Brutus, Octavie, Philippe II, Marie Stuart.*

Alfieri écrivit aussi en prose, et traduisit plusieurs pièces du théâtre grec.

Il mourut à Florence en 1803, dans la force de l'âge.

Malgré le talent et les productions soignées d'Alfieri, l'Italie n'a pas atteint dans la tragédie la hauteur où le Tasse et le Dante l'ont élevée pour l'épopée. Comme les Romains, leurs ancêtres directs, les Italiens n'ont eu sur la scène aucun nom à mettre en face des auteurs grecs. Ils ont essayé de s'en consoler en donnant à leur seul comique de talent, Goldoni, le surnom de Molière français.

Cette comparaison sans motif ne prouve que la vanité envieuse des Italiens et la pauvreté de leur théâtre.

GOLDONI (1707-1793). — Goldoni fut un auteur fécond ; il a composé plus de cent cinquante pièces ; il avait lu de bonne heure Aristophane et les comiques latins. On dit qu'à huit ans il crayonna une petite comédie. Je ne sais s'il n'y a pas quelque chose de puéril dans cette prétention des Italiens à vouloir que leurs grands poètes aient manifesté leurs instincts dès le plus bas âge. Quoi qu'il en soit, Goldoni débuta par des tragédies et des opéras avant de trouver sa véritable voie. Il mit ensuite sur le théâtre à peu près toutes les situations comiques et traita tous les genres de sujets. On conçoit que cette facilité prodigieuse ne lui donna pas toujours le temps de mûrir ses compositions et d'en soigner le style et les détails. Aussi son langage, rempli de tournures vicieuses, lui attira une guerre d'épigrammes qui peut-être le dégoûta de ses compatriotes.

Il quitta l'Italie et vint s'établir en France, où sa comédie française, *le Bourru*, eut beaucoup de succès. La faveur du public ne lui fut pas continuée, et il comprit enfin qu'il devait se résigner à la retraite. On lui accorda sur la liste civile une pension que la Révolution lui retrancha, puis lui rendit la veille de sa mort, arrivée à Paris, le 8 janvier 1793.

Il était né à Venise 75 ans auparavant.

La terreur régnait dans toute la France à la mort de Goldoni. Chénier qui avait soutenu les intérêts du poète italien à la barre de la Convention était sur le point de porter sa tête sur l'échafaud.

La révolution se consommait, l'influence française allait se répandre en Italie plus que dans le reste du monde. Quand commencera le siècle présent, l'Italie subira la domination de la République, et ses poètes, sans le vouloir peut-être, se pénétreront plus que jamais de notre esprit et de nos mœurs.

II. POÉSIE ESPAGNOLE

Moyen-âge. — Comme la langue italienne, la langue espagnole descendait de l'idiome primitif des Romains. L'influence romaine s'était profondément fait sentir dans cette vieille Ibérie que s'étaient disputée, dès les temps de la république, les deux cités rivales de Rome et de Carthage.

Mais l'Espagne était moins proche que l'Italie des sources du langage primordial. Après l'invasion des barbares du Nord, elle subit encore celle des Musulmans dont elle ne se délivra qu'à la suite des luttes longues et acharnées, sous le règne glorieux d'Isabelle et de Ferdinand le Catholique.

A cette époque commence la formation de son unité nationale.

L'alliance de Ferdinand avec la maison d'Autriche, la domination temporaire des Espagnols sur le royaume de Naples mirent de nouveau en relation les deux Hespéries. Il en résulta pour l'Espagne un mouvement remarquable vers les lettres italiennes. On se retrempa aux sources.

Le Romancero. — Jusque-là les monuments de la poésie, en Espagne comme en France, avaient été des chansons chevaleresques, des ballades, des poèmes allégoriques et de pieuses légendes. Le Roland de l'Espagne fut le *Cid Campeador* ou le *Batailleur*. Toutes les traditions de bravoure de la péninsule se réunirent autour de ce nom célèbre qui défraya l'imagination des poètes. On recueillit leurs chants, et c'est ainsi que fut composé le fameux « Romancero » du Cid. Malgré la protection accordée aux lettres dans le XIIIᵉ siècle par Alphonse le Sage, qui célébra lui-même sa science et ses malheurs, « l'Espagne, dit M. Villemain, n'avait pas encore de poésie. Le « Romancero », cette espèce d'Iliade populaire que le goût de notre siècle admire avec raison, appartient à une époque plus récente, au moins dans sa forme actuelle ; les pièces éparses qui la composent ont été retouchées et refaites peut-être dans le XVᵉ siècle. On y trouve des allusions mythologiques peu conformes à la simplicité chevaleresque et chrétienne des premiers temps. Mais il n'est pas moins vrai de dire que ces chants populaires sont un des monuments les plus originaux du génie moderne dans le moyen-âge. Difficilement on trouverait une poésie qui, sous la négligence du mètre et du langage, eut plus de vivacité, et, malgré quelques traces d'affectation et quelques jeux de mots dont nous ignorons la date, nulle part la simplicité des mœurs primitives, ce mélange de générosité et de férocité, n'est plus remarquable et plus intéressant par le contraste. » (1)

La littérature espagnole du moyen-âge n'a rien produit qui mérite d'être comparé à ces romances devenues populaires.

---

(1) Villemain, *Littér. au moyen-âge*, XVᵉ leçon.

RÈGNE DE JEAN II (*XVe siècle*). — Au xve siècle, le roi Jean II releva la faiblesse de son caractère par son amour pour les lettres. Plusieurs grands seigneurs, entre lesquels le marquis Henri de Villena, fondateur de l'académie de la *Gaie science*, cherchèrent à agrandir le cercle des connaissances de l'esprit et à donner un nouvel essor à la vieille poésie castillane. On s'inspirait encore des poètes provençaux, dont l'influence avait été si considérable dans le Midi durant tout le moyen-âge ; mais déjà l'esprit des anciens commençait à pénétrer chez les auteurs. Il gâta même pour un temps le génie espagnol par ce faux goût d'érudition que nous avons vu tour à tour en Italie et en France.

JUAN DE MENA (1412-1456). — Juan de Mena était regardé alors comme un poète de premier mérite, malgré son lourd bagage d'érudition.

L'Espagne était appelée à recevoir sa nouvelle méthode des poètes italiens ; déjà la connaissance commençait à s'en répandre.

SANTILLANE (1398-1458). — Le marquis de Santillane, disciple de Villena, se proclamait le chef d'une école dont le but était d'imiter le Dante. Il ne fut guère écouté.

Cependant le moment approchait où les poètes des deux Péninsules devaient suivre la même voie.

« L'Espagne, qui, dès la fin du xve siècle, savait mieux que la France ce qu'elle voulait et où elle allait, avait marché d'un pas moins inégal et plus ferme.

» Inébranlable dans l'unité qu'elle avait glorieusement conquise, elle ne formait qu'un corps et qu'une

6

âme ; elle n'avait qu'une seule Eglise, un seul roi, un seul principe, un seul intérêt, et bien qu'elle parlât encore plusieurs langues, elle ne pouvait plus avoir qu'une seule littérature. » (1)

Temps modernes. — XVIᵉ XVIIᵉ ET XVIIIᵉ SIÈCLES. — Ce bienfait fut acquis sous le puissant règne de Charles-Quint et sous celui de ses successeurs. On était au XVIᵉ siècle ; la maison d'Espagne dominait en Europe. Ses ambassadeurs, ses ministres, ses généraux étaient les maîtres en Italie. Ils en rapportèrent le goût des arts qu'on cultivait dans ce pays. Sous l'influence de l'école italienne, la poésie castillane prit son essor.

BOSCAN (1500-1543). — Boscan Almogaver donna le premier le signal ; il fit des sonnets et des chants à la manière de Pétrarque, et son principal mérite comme celui de son modèle est dans la douceur et l'harmonie du vers.

GARCILASO DE LA VEGA (1503-1536). — Il travaillait avec son ami Garcilaso de la Vega, de noble famille comme lui, et comme lui encore imitateur enthousiaste de Pétrarque. Garcilaso composa des sonnets, des églogues et des élégies où l'on retrouve les mêmes caractères de douceur, de sensibilité peut-être affectée que l'on admire dans les poésies de Boscan.

Il mourut à Nice des suites d'une blessure.

HURTADO DE MENDOZA (1515-1547). — Moins har-

_____

(1) *Hist. comparée des littérat. espagnole et française,* par Adolphe de Puibusque, c. IV.

monieux, moins délicat que ses deux illustres rivaux, en traitant le même genre, Hurtado de Mendoza a, le premier en Espagne, composé des épîtres qui l'ont fait comparer à Horace par ses compatriotes. Homme d'Etat illustre, en même temps qu'érudit et lettré, Mendoza fut plus grand peut-être comme prosateur que comme poète. Tout le monde connaît en France son roman comique de *Lazarille de Tormès*, qui a la fortune de vivre à côté du chef-d'œuvre de Cervantès.

La tournure des sonnets et des canzoni ne pouvait suffire longtemps à l'activité castillane. Cette sorte de poésie manque de substance, et tend facilement à la fausse sentimentalité, aux ridicules jeux d'esprit.

Les vers de Hurtado de Mendoza accusaient déjà une décadence chez les imitateurs de Pétrarque en même temps que le retour vers un genre plus sérieux. La frivolité de ce genre choquait d'ailleurs bon nombre de littérateurs plus graves. Les pétrarquistes furent attaqués avec acharnement dès leurs premiers essais.

CHRISTOVAL DE CASTILLEJO (mort vers 1596). — Christoval de Castillejo soutenait les principes de la vieille école espagnole; il se moquait sans pitié de cette poésie étrangère qui semblait d'abord empêtrée dans ses mètres d'emprunt.

Sa verve rude et vigoureuse, son ardeur à soutenir les principes de la morale chrétienne lui ont fait donner le surnom hyperbolique de Juvénal espagnol.

Malheureusement Castillejo défendait des théories littéraires condamnées désormais à l'oubli. Il y avait mieux à faire qu'à repousser ces formes plus pures

et plus humaines, quoique étrangères et nouvelles
en Espagne.

Luis de Léon (1527-1591). — Il fallait, comme le
tenta Luis de Léon, s'emparer de cette prosodie italienne, si douce et si harmonieuse, pour exprimer
des pensées plus nobles, plus dignes de l'homme et
de la postérité.

Pieux et érudit tout ensemble, Luis de Léon composa des odes philosophiques comme Horace, mais
pour enseigner la morale de sa religion. Il puisa plus
dans les livres sacrés que dans les livres classiques
anciens. Son ambition était de naturaliser en Espagne
les chefs-d'œuvre de l'antiquité et les sublimes inspirations de la Bible.

Luis de Léon prit en 1543 l'habit des Augustins de
Salamanque, et fut successivement professeur de théologie et d'Ecriture sainte. Persécuté sur la fin de sa
vie, il mourut en 1591.

Poète de la raison et de la foi, il leur avait fait
parler un langage digne d'elles.

Herrera. — « Herrera est parti du point où Luis de
Léon s'est arrêté; il semble qu'il ait noté cette musique céleste que le poète de Grenade avait trouvée
dans les échos de son âme

» Qu'on ne lui compare ni Chiabrera, ni Dryden, ni
J.-B. Rousseau, ni ce Lefranc de Pompignan, dont
la muse languedocienne, poursuivant sans cesse les
splendeurs du rhythme, rencontra quelquefois les
accents du génie; la strophe du poète andalou est
tout orientale, sans avoir rien d'arabe; elle tombe en
droite ligne des hauteurs du Sinaï.

» Sa *cancion* si connue sur la *bataille de Lépante,* est un chant religieux et national, une ode véritable, l'ode héroïque de l'antiquité aux formes lyriques, descriptives, dramatiques, telle qu'elle se chantait au front des armées, sur les places publiques et dans l'enceinte des temples ; le poète est un chrétien inspiré qui porte la parole au nom de tous ses frères. » (1)

Grand dans les sujets élevés, Herrera sait toucher toutes les cordes de la lyre et moduler des idylles ravissantes, des élégies pleines de tendresse et de suavité. Tour à tour grave, élevé, gracieux, mélancolique, il est peut-être le premier lyrique de l'Espagne.

Ces poètes, comme les nôtres du xvie et du xviie siècles, étaient érudits en langue grecque et en langue latine. Ils possédaient l'antiquité. Ximénès avait secondé le mouvement de la Renaissance en créant la fameuse Université d'Alcala, où l'Espagne put aller apprendre les lettres sacrées et profanes, la jurisprudence, la médecine et les langues mortes.

Fernando de Herrera s'était livré dans le silence du cloître à ces études naturelles, et il n'était pas moins remarquable par sa science et par sa connaissance du grec que par ses talents poétiques. On ne sait rien de précis sur sa naissance et sur sa mort.

Entré en religion vers le milieu de sa vie, il mourut, croit-on, dans un âge fort avancé.

Il avait donné à l'Espagne des odes qui lui permettaient de rivaliser avec l'antiquité.

ERCILLA (1525-1595). — Don Alonzo de Ercilla y

(1) De Puibusque, ouvrage cité plus haut.

Zunigo tenta moins heureusement de doter son pays d'un monument épique. Contemporain de Camoëns et du Tasse, il conçut son ouvrage à peu près dans le même temps que ces deux grands hommes.

Son idée fut généreuse ; il voulut s'élever au-dessus de terre jusqu'à la plus sublime poésie.

« Je ne chante, dit-il en commençant, ni l'amour, ni les galanteries des chevaliers ; je ne chante ni les tourments, ni les langueurs, ni les sacrifices des tendres sentiments ; mais la valeur, les hauts faits et les prouesses de ces Espagnols audacieux qui imposèrent à l'Arauco indompté le joug de leur épée. » (1)

C'était promettre plus qu'il ne pouvait tenir. Le talent lui manqua pour accomplir dignement son dessein. Mauvais imitateur, tantôt des anciens et tantôt des Italiens, il n'a point su faire de son livre une œuvre nationale. La variété manque complétement à ce long poëme en 36 chants. C'est tantôt une histoire versifiée, tantôt un roman fabuleux, où se rencontrent quelques descriptions remarquables, quelques scènes attachantes, mais où le plan et l'unité de dessein manquent totalement. Son style coloré n'est pas à la hauteur de son sujet ; ses épisodes ne sont pas toujours vraisemblables.

Ercilla ne pouvait guère d'ailleurs mettre du merveilleux dans le récit d'une expédition où il avait été lui-même acteur. On sait, en effet, qu'après avoir parcouru, jeune encore, une partie de l'Europe occidentale, Ercilla partit pour le Chili où une révolte avait été excitée contre les Espagnols. Il concourut à la soumission des Araucaniens, et c'est la guerre

(1) Ch. 1.

soutenue contre eux qu'il a prise pour sujet de son poëme l'*Araucana*.

De retour dans sa patrie, Ercilla y acheva son ouvrage, et mourut âgé de 70 ans, vers 1595.

CAMOENS (1517-1579). — Tandis qu'il échouait dans sa grande entreprise, un poète portugais qui écrivit aussi quelques sonnets en langue castillane, et que nous ne séparerons point de l'école Espagnole, à laquelle il se rattache à tant de titres, l'illustre et infortuné Camoëns, menait à bout un semblable dessein, et méritait d'acquérir une réputation européenne. Les *Lusiades* sont loin d'égaler la *Jérusalem délivrée* que le Tasse écrivait dans le même temps. Mais à une riche poésie, cette épopée joint l'intérêt qui s'attache à une entreprise aussi grande que la découverte d'une nouvelle voie pour arriver aux extrémités du monde. L'action se passe en mer, et, malgré la monotonie des flots, le poète a eu l'art de varier son récit par le changement des tableaux.

Ce furent l'ingratitude des Portugais et les malheurs de Camoëns qui engagèrent le poète à partir pour les Indes, et lui donnèrent l'idée de son ouvrage.

De bonne heure il avait étudié Dante et Pétrarque, et s'était livré à la poésie avec amour, même au milieu des camps.

Il s'était fait soldat, en effet, pour savoir comment vivre. Blessé au siége de Ceuta, il s'irrita de n'obtenir aucune pension, s'embarqua pour Goa où il s'engagea de nouveau et fut exilé à Macao, en punition d'une satire composée contre les désordres de l'administration.

C'est dans l'exil qu'il entreprit son épopée sur la découverte des Indes par Vasco de Gama. Cette expédition ne forme en réalité que le cadre du poëme; le grand but de Camoëns était de célébrer la gloire de sa patrie. C'est à raconter son histoire, à la manière dont Enée fait le récit des malheurs de Troie, qu'est consacrée une partie des dix livres qui composent l'ouvrage entier. Il a su embellir les détails les plus arides et donner de l'agrément aux annales d'un aussi petit peuple que le Portugal. Il n'en fut pas récompensé. Comme la plupart des grands hommes de ce temps, comme Christophe Colomb, comme le Tasse, il passa sa vie dans la misère. Rappelé de l'exil, il fit naufrage dans la traversée, et ne sauva qu'à la nage son précieux manuscrit. S'étant décidé à revenir en Portugal, il publia son ouvrage, et fut réduit, malgré quelques secours insignifiants, à faire mendier son pain par un esclave.

A ces douleurs matérielles et morales s'en ajouta une dernière : quand il fut sur le déclin de ses jours, le Portugal vaincu perdit un moment son indépendance; Camoëns mourut sujet de l'Espagne.

Avec lui parut et disparut l'auréole poétique de sa patrie. Il fut le seul écrivain européen de la Lusitanie. La littérature de ce petit pays eut aussi peu de durée que sa puissance. Comme une étoile filante, elle resplendit un moment dans les cieux pour ne plus laisser de traces.

L'Espagne plus heureuse voyait augmenter le nombre, grandir la renommée de ses littérateurs; elle ne les récompensait pas mieux que le Portugal.

CERVANTÈS (1547-1616). — Elle possédait alors un

homme qui devait plus tard égayer toute l'Europe et auquel elle faisait à peine attention. Aussi infortuné que Camoëns, Miguel de Cervàntès de Saavedra fut, comme il a soin de nous l'apprendre, soldat bien des années et cinq ans et demi captif, pendant lesquels il apprit à supporter patiemment l'adversité.

A la bataille de Lépante, il perdit la main gauche d'un coup d'arquebuse. Il fut enfin malheureux toute sa vie.

Miguel Cervantès composa des sonnets et plusieurs pièces de théâtre.

Mais ce qui a fondé sa réputation, et ce qui le fait regarder comme le plus grand écrivain de l'Espagne, c'est son fameux roman de *don Quichotte de la Manche*. Nous ne dirons qu'un mot de cet ouvrage ; il est en prose et ne tient qu'indirectement à notre sujet, par le tissu satirique de la fable et par le nom de l'auteur qui était un poète. Mais on connaît assez en France cette satire originale et spirituelle pour qu'il suffise d'en donner le titre. Elle partage avec les fables de Lafontaine et quelques contes choisis l'honneur d'amuser notre enfance. Tous nous avons ri à gorge déployée en lisant les aventures du chevalier de la Triste figure et de son écuyer Sancho Pança.

Cervantès est le Molière du roman. Par lui, un genre qui ne mérite que le dédain des hommes sérieux, a été élevé à la hauteur des plus grandes créations. Il est vrai qu'il ne manque que le vers à l'œuvre de Cervantès, pour en faire le premier poëme héroï-comique. Il est fâcheux, pour la perfection et la durée de ce livre, que l'auteur ne se soit pas donné la peine de mesurer sa pensée par le mètre.

Cervantès rendit à son pays d'autres services que

celui de tourner en ridicule l'esprit chevaleresque qui fut longtemps si admirable.

En se moquant avec tant de verve des chercheurs d'aventures héroïques et des lecteurs de romans de chevalerie, il contribua puissamment à relever la littérature, à la ramener à des sujets plus sérieux et plus dignes d'un grand peuple.

Un jour même il composa une *cancion* pour l'éloge de sainte Thérèse. Un concours avait été ouvert pour cet éloge quand la sainte fut canonisée. Le poète croyait avoir trouvé l'occasion de mettre fin à sa détresse. Sa pièce fut lue publiquement par Lope de Véga; on ne voit pas que Cervantès en soit devenu plus riche.

Il mourut le 23 avril 1616 à l'âge de 69 ans, et fut déposé dans le couvent des Trinitaires déchaussés, selon le vœu qu'il avait exprimé.

Lope de Véga (1562-1635). — **Caractères généraux du Théâtre espagnol.** — On était alors en plein dix-septième siècle; Lope de Véga jouissait de toute sa gloire. Cet homme prodigieux, qui n'a pas eu d'égal en Europe pour la facilité à composer, naquit à Madrid le 25 novembre 1562.

On dit qu'il fit imprimer plus de vingt millions de vers. Il les écrivait comme un autre les lirait. Il a essayé tous les genres, même l'épopée, et chanta, comme Le Tasse, la Jérusalem délivrée.

Mais il n'est connu des étrangers que comme poète dramatique.

Il faut que l'esprit de l'homme ait grand besoin de manifester sa liberté de quelque façon pour qu'on rencontre une si grande licence au théâtre, chez le

peuple le plus monarchique de l'Europe, au temps
du plus absolu de ses rois. Il est remarquable que la
licence du théâtre espagnol fut toujours excessive.
Dès le moyen-âge, les Mystères de ce pays dépassèrent en immoralité, en grossièretés de toutes sortes
ceux des autres peuples de l'Europe. Sorti de l'église
pour aller sur la place, le théâtre en Espagne fut
longtemps sous la tutelle du clergé, sans être pour
cela plus retenu. Il garda cependant quelque chose
de cette fréquentation des clercs : au milieu de ses
écarts il demeura religieux. Le dernier de ses grands
dramaturges, Calderón, fut un prêtre.

Chose étrange ! Philippe II, devenu maître absolu,
sembla ne pas s'effrayer des excès de la scène. Ses
successeurs lui furent tout à fait favorables. L'Inqui-
sition n'y put rien ou n'en prit pas souci. Les auteurs
usèrent et abusèrent de cette tolérance dont le peuple
était jaloux comme d'un bien héréditaire. Le désordre
moral eut pour pendant celui de l'art ; le théâtre espagnol n'est qu'un gâchis. Boileau fut modéré en disant
que les personnages « enfants au premier acte sont
barbons au dernier. » On peut s'en convaincre en
parcourant le recueil de Lope de Véga. Il n'en pouvait être autrement ; l'auteur ne prenait pas le temps
d'approfondir ses sujets. A peine les choisissait-il.
Beaucoup de ses pièces ne lui coûtèrent pas une jour-
née de travail. Il en fit plus de deux mille où il peint
tantôt le monde religieux, dans ses *autos sacramentales*, tantôt le monde fantastique, tous les états,
toutes les choses les plus extrêmes dans la vie espagnole.

Les saints, les hommes, Dieu, le diable, les fous,
les savants, les nobles, les roturiers, tout se mêle,

tout parle, déclame ou grimace sur son théâtre. La scène change presque aussi souvent que les personnages.

On ne comprendrait pas le succès de telles représentations devant un auditoire expert. Mais le peuple était juge, et ce juge partial, fier de son poète, battait des mains à chacune de ses pièces. Sa popularité fut immense. On accourait de toutes les provinces pour le voir. Lope de Véga rendit bien au peuple la faveur qu'il lui donnait. Il ne composa qu'en vue de l'opinion publique. L'art pour lui ne venait qu'en second lieu. Aussi, malgré son talent extraordinaire, son influence fut déplorable. Il se forma à son école une multitude de poètes dramatiques qui, en adoptant ses théories, imitaient ses extravagances sans les racheter par ces traits de génie qui brillent dans les dialogues de Lope de Véga et dans les caractères vivement peints de ses personnages. Lope de Véga n'eut de rival que Caldéron.

CALDÉRON (1600-1687). — Celui-ci était un prêtre, chanoine de Tolède. Il est digne d'être mis en face et peut-être au-dessus de son devancier. Schlegel dit que nul n'a mieux mérité que lui le nom de grand poète.

Caldéron est poète, en effet, et les sujets qu'il traite viennent merveilleusement en aide à son génie. Il plane dans les hauteurs de la religion et de l'esprit. Malgré ce spiritualisme élevé et la sécheresse apparente de ses personnages, il n'en est pas moins profondément dramatique.

Il appartient à l'école espagnole, il a donc à nos yeux des bizarreries et des irrégularités. Aristote et ses lois l'inquiétèrent fort peu, mais il a conduit la comédie espagnole à la perfection qu'elle pouvait atteindre. Il est plus élégant, plus délicat, et si ses plans sont moins hardis que ceux de Lope de Véga, ils sont conçus avec plus de maturité.

Contemporain de Corneille, il ne fut pas sans influence sur le talent de ce grand homme. Molière même semble lui avoir emprunté l'idée de ses *Femmes savantes.*

« Poète du catholicisme et non d'un royaume catholique, tantôt il a exprimé la ferveur résignée des chrétiens foulés aux pieds des infidèles, ou le courage simple et recueilli des premiers pontifes, tantôt la douce sérénité, la paix inaltérable des apôtres et des cénobites. Lope de Véga s'était essayé dans ce genre qu'il avait trouvé encore informe, mais la place du maître était restée vacante; Caldéron s'en empara : les *autos sacramentales* vécurent et moururent avec lui. » (1)

Caldéron remplit presque tout le dix-septième siècle. Il mourut à environ quatre-vingt sept ans. On peut le considérer comme le représentant le plus parfait du théâtre espagnol. Sa fécondité ne fut guère moins extraordinaire que celle de Lope de Véga. On prétend qu'il composa quinze cents ouvrages. Cette facilité de production a de quoi nous surprendre. Il fallait vraiment une nature d'une richesse surabondante pour jeter ainsi la poésie à pleines pages, sans presque prendre haleine.

Pourtant, on aura une des clefs du mystère si l'on examine le tissu des comédies espagnoles.

_____

(1) De Puibusque, ouvrage cité plus haut.

Elles n'étaient assujetties à aucune autre règle qu'au caprice de l'auteur et au goût de la foule. On les divisait en parties appelées fort improprement *journées,* car elles devenaient facilement des mois, des années, comme aussi c'étaient quelquefois des journées d'une heure. Ce cadre était rempli de dialogues, d'incidents variés, de tout ce qui passait par la tête de l'écrivain ou était de nature à amuser le peuple.

Un génie puissamment doué pouvait donc, quand surtout il était excité par la vogue, multiplier ses œuvres en se multipliant lui-même. Mais il était puni par où il avait péché. Le froment qui poussait dans des champs si mal préparés avait plus d'herbes que d'épis. De là le décousu, le désordre des pièces de Lope de Véga et de ses successeurs. La plupart ne supportent pas l'analyse.

Cependant dans ces vastes compositions le génie se révélait souvent à des traits sublimes, à des dialogues admirablement conçus, à des peintures énergiques et naturelles.

C'était l'Espagne enfin représentée telle qu'elle était par des poètes espagnols.

Lope de Véga et Caldéron sont les plus illustres représentants de l'école nationale espagnole. Ces deux noms éclipsent tous les autres.

Plusieurs cependant des auteurs dramatiques de cette époque méritent d'être tirés de la foule.

Guilhem de Castro. — Les Argensola : Lupercio, Bartholomeo. — C'est d'abord Guilhem de Castro, auquel Corneille emprunta le sujet du Cid ; l'aîné des Argensola, Lupercio Leonardo, dont les trois tragédies eurent un grand succès. Mais Leonardo et Bartholomeo, son frère, sont plus célèbres par leurs poésies lyriques que par leurs pièces de théâtre.

Leonardo d'Argensola jouissait d'une grande considération parmi ses concitoyens. Il écrivait également de la prose et des vers latins. Son frère avait embrassé la carrière ecclésiastique. Leurs poésies furent imprimées dans le même recueil.

Balbuena. (1568-1627). — On comptait encore parmi les poètes estimables Bernardo Balbuena, natif de Valdepenas, et mort évêque de Porto-Rico en 1627. Ses principaux ouvrages sont la *Grandesa Mejicana*, ses églogues et divers autres poëmes. Comme tous les poètes de son temps et de son pays, Balbuena se fait remarquer par de grandes beautés et des défauts non moins sensibles.

Les Gongoriens. — La décadence. — Malgré leurs défauts et leurs extravagances, ces auteurs avaient du moins le bon sens de rester espagnols. Ils reproduisaient les idées, les mœurs et le langage de leurs compatriotes.

Mais il s'éleva à côté d'eux une école de bel esprit et d'afféterie dont Gongora était le chef. Le rôle de Gongora fut assez semblable à celui que jouait dans le même temps en Italie le trop célèbre Marini.

Homme de beaucoup d'esprit, il abusa des dons qu'il avait reçus de la nature. Il dépare ses plus belles productions par la recherche et par le faux brillant. Il affecte des tournures nouvelles ; il emploie les mots dans de nouveaux sens, sous le prétexte spécieux d'enrichir la langue, et ne réussit qu'à se rendre inintelligible. Il publia sa théorie dans « *l'art nouveau*. » Il eut aussitôt un cortége d'admirateurs intéressés. Son système, appelé le *cultisme*, fut suivi de la majorité médiocre. La littérature espagnole acclamait sa ruine. Dès ce moment elle commença à dégénérer.

Il se trouve bien des hommes qui ne cédèrent point au courant, comme Francisco de Rioja, imitateur intelligent des anciens et surtout de Sénèque, dans ses *silves* et ses odes.

Mais le mouvement était donné ; le mal était trop utile à beaucoup de petits esprits, il ne fit que se propager.

Introduction du goût français. — En vain, dans le siècle suivant, lorsque l'Espagne eut reçu un roi des mains de Louis XIV, des écrivains de bon sens voulurent-ils emprunter à la France ce qu'ils lui avaient prêté au temps du grand Corneille. En vain Ignazio de Luzan essaya-t-il d'introduire dans la Péninsule par la publication de sa *Poétique*, les principes de bon goût qui avaient illustré le grand siècle français ; le peuple tenait à la littérature qu'il croyait nationale ; il était trop fier pour se déjuger. D'ailleurs, si le goût s'épurait parmi les classes élevées, la sève était desséchée ; l'esprit philosophique pénétrant à son tour dans les châteaux et les académies, détruisait au fond des âmes tous ces nobles sentiments sans lesquels il n'est jamais de poésie.

C'en était fait. La langue de Herrera, de Cervantès et de Lope de Véga avait été frappée à mort par les imitateurs de Gongora.

Un critique espagnol, Quintana, déplore ainsi dans

son *Trésor du Parnasse* cette décadence et cette chute précipitée de la poésie dans sa patrie :

« Dès sa plus tendre jeunesse, le front paré de fleurs champêtres, elle effleure l'herbe des prairies, sous la conduite de Garcilaso ; devenue grande, elle marche avec Herrera et Rioja dans les splendeurs de la richesse et de la beauté. Plus tard, entourée de Balbuena, de Jauréguy et de Lope de Véga, elle se montre agréable et jolie, bien qu'elle ait moins d'élégance et de tenue ; mais dès qu'elle s'est abandonnée à Gongora et à Quévédo, c'en est fait d'elle ; de corrupteurs en corrupteurs, elle va aux mains d'une foule de barbares ; elle marche, elle se démène comme une folle ; ses couleurs sont fardées, ses perles sont fausses, son or est du clinquant ; vieillie et décrépite avant l'âge, elle semble tomber en enfance, son langage est un insignifiant babil ; elle se dessèche et périt. »

III. POÉSIE ANGLAISE

Formation de la langue et de la littérature de l'Angleterre. — La langue anglaise ne descend directement ni de la langue latine, ni de l'idiome germain. Ses origines sont multiples. Née chez un peuple de race celtique, elle reçoit la vie et la forme de ses différents vainqueurs. Elle n'est point tout à fait germanique, mais elle n'est point non plus une langue latine. Les Romains n'avaient point pénétré la race bretonne comme la race gauloise.

L'île de Bretagne fut ravagée plus souvent, conquise par plus de peuples que la Gaule. Après les

Romains, les Saxons et les Angles, les Danois, les Normands l'ont occupée successivement. Tous ont laissé quelques traces de leur passage dans les coutumes, dans les lois et dans la langue de la nation britannique. A l'époque de la conquête normande, la langue des derniers vainqueurs domina naturellement ; la littérature du pays conquis fut celle qu'ils apportaient. Les Normands étaient déjà Français quand leur duc Guillaume-le-Bâtard descendit dans le pays des Angles.

. La langue anglaise est issue à la fois des langues celtique, romaine, germanique et française. Sa littérature se confondit longtemps avec la nôtre.

Par le cours des temps, les idiomes divers se fondirent, et vers le xive siècle, nous voyons apparaître une nouvelle poésie. Edouard III porta un coup mortel à la littérature française, lorsqu'il décréta, en l'an 1362, qu'on ne se servirait plus, dans les actes publics, que de la langue nationale.

Mais jusqu'au xvie siècle la poésie anglaise n'offre aucune œuvre bien remarquable. Alors elle s'élève tout à coup ; par les soins de William Shakespeare, le drame atteint son apogée. On concevra facilement que la Renaissance n'avait pas encore pénétré dans ces lointains pays de l'Occident.

CHAUCER (1328-1400). — Pourtant, Chaucer, poète du xive siècle, qui ne manquait ni de talent ni de culture pour ces temps de barbarie, avait connu Pétrarque dans ses voyages. Il s'étudia à l'imiter et fit passer beaucoup d'œuvres italiennes dans la langue anglaise. Comme Pétrarque et Boccace, il fut d'une licence extrême et ne respecta même pas la foi. Mais les guerres civiles qui ensanglantèrent la Grande-Bretagne au xv⁰ siècle et l'isolèrent un instant des querelles de l'Europe, empêchèrent ce levain de fermenter.

L'école anglaise du xvi⁰ siècle a cela de particulier qu'elle descend du moyen-âge en droite ligne. Elle nous montre ce que le génie d'un Dante ou d'un Shakespeare pouvait tirer de ce qu'on a regardé comme des commencements barbares. Le temps et la culture seulement ont manqué à nos littératures nationales pour les perfectionner et les élever à la hauteur des littératures anciennes. On a changé de route tout à coup au moment où elles commençaient à produire leurs fruits. On a enté sur l'arbre national une plante exotique qui a germé plus vite, mais qui n'étant pas sortie du pays, n'en représentait parfaitement ni le caractère, ni les aspirations.

XVI⁰ siècle. — Sous les règnes agités des Tudor, la poésie pouvait difficilement faire entendre sa voix. Lorsque Elisabeth parut sur le trône, cette princesse n'ayant plus de concurrents à craindre et la réforme paraissant établie, grâce à sa politique et à la complicité lâche ou intéressée de la noblesse et du clergé anglais, la littérature prit un soudain essor. Spencer et Shakespeare attirent alors tous les regards.

SPENCER (1550-1598). — Spencer est un Arioste au petit pied qui se distingua dans le genre allégorique et chevaleresque. Son poëme de la *Reine des fées* mérite des éloges, si ce genre ennuyeux en mérite. Mais le principal rôle est à Shakespeare. Il résume toute la littérature du xvi⁰ siècle. Il est le représentant le plus caractéristique de toute la poésie anglaise, l'auteur dramatique le plus célèbre chez nos voisins.

SHAKESPEARE (1564-1616). — Ce grand homme, qu'on sait maintenant avoir été catholique, naquit à Stratford-sur-Avon, dans le comté de Warwick, le 23 avril 1564.

Après avoir été boucher dans la maison de son père, il débuta dans la carrière dramatique, comme plus tard notre Molière, en jouant tout à la fois le rôle de poète et celui d'acteur.

L'art était peu avancé ; il n'y avait pas longtemps que l'on commençait à remplacer les mystères par des essais dramatiques. Le premier théâtre fixe fut établi sous le règne d'Elisabeth. Le premier chef-d'œuvre dramatique fut la pièce de *Roméo et Juliette*, que Shakespeare donna au public en 1595. Chaque année il en composa au moins une nouvelle, et l'Angleterre put applaudir avec une juste fierté *Macbeth*, *le roi Lear*, *Othello*, *Hamlet*, et les compositions histo-riques dans lesquelles son grand poète flattait la fibre nationale. Ces drames historiques n'ont point pour nous le même intérêt que pour les anglais. Ils ne nous touchent pas de si près. Bien qu'on y admire des traits de pinceau vigoureux, une aptitude remar-quable à pénétrer les hommes, à toucher le ressort des passions qui les mettent en jeu, on ne trouve pas un grand plaisir à cette histoire dialoguée dans des drames où une longue pièce de cinq actes ne suffit pas au poète pour développer son action.

Mais les cinq grands drames que nous avons nom-més ont le don d'émouvoir plus profondément qu'au-cun autre. Avec tous les défauts et toutes les qualités

d'un siècle en même temps érudit et barbare, Shakespeare avait une connaissance du cœur humain
dont il est difficile d'égaler la profondeur. Sa puissance de conception dramatique dépasse l'imagination. Ses pièces n'ont aucune des perfections d'ordre
et de régularité qui caractérisent nos tragédies classiques ; mais elles sont fortement conçues, profondément méditées, empreintes de vigueur, d'une poésie
souvent sublime ; elles sont marquées du sceau d'un
génie effrayant ; elles pénètrent dans le fond de l'âme,
la remuent, la maîtrisent et la mettent hors d'elle-
même en la sortant quelquefois du monde réel,
jamais de la vérité humaine.

Shakespeare se sert souvent d'un monde fantastique et imaginaire ; il se soucie peu des anachronismes, des contradictions historiques ; le but pour
lui est l'effet dramatique, et il faut convenir qu'il le
produit avec art et génie. La terreur est une arme
dont il est le maître le plus redoutable. Je ne vois
que l'*OEdipe roi,* de Sophocle, qui glace autant d'ef-
froi, sans déraison, que l'*Hamlet* de Shakespeare. Ces
deux poètes ont traité le même sujet moral, l'un dans
Electre, l'autre dans *Hamlet.* Dans l'une et l'autre
pièce, c'est un fils qui venge son père sur une mère
coupable et son royal complice. Sophocle est beaucoup plus simple, plus touchant, plus noble, plus
élégant ; mais Shakespeare est plus pénétrant, plus
philosophe, plus effrayant, plus varié, il répond
mieux à nos instincts modernes.

Il est vrai qu'*Hamlet* est le chef-d'œuvre de Shakespeare, sa pièce la plus profonde comme la plus
dramatique. Dans plusieurs de ses drames, Shakespeare a su se dispenser de cette passion de l'amour

que la galanterie romanesque et l'imitation espagnole faisaient regarder au XVIIᵉ siècle comme un élément nécessaire à toute action tragique. Dans la grande pièce d'*Hamlet,* cette passion n'entre que pour un épisode.

Il ne faut cependant pas, en louant Shakespeare, pallier ses défauts comme beaucoup le font de nos jours. Il est utile de respecter notre goût délicat de Français. Les défauts du dramaturge anglais sont aussi grands que ses qualités. Ils ne suffisent pas à diminuer son mérite ; ce sont surtout des défauts de détail, mais on ne saurait admettre que ce mélange bizarre de réminiscences mythologiques et de doctrines chrétiennes, ces bouffonneries indécentes, ces jeux de mots ridicules, ces contrastes habituels du pathétique et du grotesque soient une combinaison heureuse due au progrès de l'art, aux sublimes conceptions du génie. Ces défauts, que nous n'énumérons pas tous, se rencontrent moins dans les grands drames que nous avons cités. On peut croire que c'est une des principales causes de leur perfection relative.

Les Anglais paraissent émerveillés de tous les écarts qui choquent notre bon sens. Mais la vanité nationale a au moins autant de part dans ces éloges outrés que les mœurs prosaïques de nos voisins. Ils prétendent aussi que Shakespeare a excellé dans la comédie, et vantent beaucoup son *Timon d'Athènes,* ses *Commères de Windsor* et le *Marchand de Venise.* Cette dernière pièce a des scènes pleines de poésie qui rappellent celles de *Roméo et Juliette.* Mais bien que des critiques français partagent l'avis des Anglais, je crois que ces comédies ne sont pas faites pour nous. Comment un homme de sens et de goût s'éprendra-t-il de ce comique qui consiste en bons mots de la grosse façon ou en lazzis indécents et grossiers?

Shakespeare est trop anglais pour approcher de Molière. L'esprit de sa nation est une nourriture lourde et indigeste pour nos estomacs.

On retrouve bien dans les comédies cette connaissance du cœur humain que le grand poète possédait si éminemment, mais avec beaucoup moins de profondeur et sans cet attrait irrésistible qui nous attache au dramatique émouvant de ses autres conceptions.

Selon Blair, la comédie anglaise a un grand avantage sur la nôtre ; elle a un champ plus vaste, et peut prendre un plus libre essor en Angleterre qu'en France. Elle le doit à l'originalité des caractères, assez commune dans les Iles Britanniques et à la liberté que laisse la forme du gouvernement.

« Il est bien déplorable, ajoute le critique anglais, qu'on ait associé à ce caractère de liberté et de hardiesse un esprit de licence et d'immoralité qui déshonore la comédie anglaise et la ravale au-dessous de tout ce qui a paru de plus mauvais, en ce genre, depuis le siècle d'Aristophane.

» Toutefois, au premier période de son existence, la comédie anglaise n'était pas infestée de ce venin. On ne peut point accuser les pièces de Shakespeare ni celles de Ben Johnson d'avoir quelque tendance à l'immoralité. » (1)

Nous ne sommes point de l'avis de Blair, et nous trouvons que Shakespeare, comme son ami Ben Johnson, ont trop souvent manqué de respect à la

_____

(1) Blair, leç. XLVIIᵉ, *Cours de rhétorique et de belles-lettres.*

saine morale. Il faut être fort peu scrupuleux pour accepter sans émotion toutes leurs crudités de langage, pour assister froidement à bon nombre de scènes impudiques. On ne sait que supposer de la vieille comédie anglaise si le théâtre de Shakespeare est pur auprès d'elle. Shakespeare n'a d'excuse que dans son but qui est le plus souvent honnête.

BEN JOHNSON (1574-1637). — Ben Johnson, qui fut son rival surtout dans la comédie, et qui eut ses défauts moraux et littéraires sans avoir son génie, n'est cependant pas un écrivain méprisable. On parle encore de lui après son illustre contemporain. Il eut plus de régularité que Shakespeare, mais elle ne lui était probablement pas naturelle, car on reproche à ses comédies une allure pédantesque.

La scène anglaise ne se soutint pas à la hauteur où l'avait élevée Shakespeare.

Après Ben Johnson, on ne vit plus que des comiques de second ordre, qui surent mieux imiter et surpasser l'immoralité de ce poète que perfectionner la comédie.

Corruption du Théâtre. — Pour ne point paraître exagéré dans cette sévère critique, nous nous appuierons encore sur le témoignage du rhéteur anglais déjà cité :

« Ce ne fut qu'après le rétablissement de Charles II sur le trône, que l'esprit licencieux qui infestait la cour et la nation s'empara de la comédie, comme de son véritable domaine. Il y régna pendant environ un siècle. Dès lors le principal personnage fut constamment un homme perdu de débauches et livré au plus scandaleux libertinage. Tel fut, à peu d'exceptions près, le héros de toutes nos comédies. Le ridicule fut versé sur le vice et la folie, mais beaucoup plus souvent sur la sagesse et la chasteté. » (1)

C'étaient les fruits de la doctrine qui enseignait le libre examen. De la libre pensée à la libre conduite il n'y a pas loin, et cette parole célèbre de Buffon, que « le style est l'homme » sera la condamnation de tous les penseurs incrédules ou corrompus.

On concevra facilement que nous ne nous étendions pas sur des auteurs dont le principal caractère est l'immoralité. Leurs talents du reste, et quelques-uns en avaient reçu du ciel, furent gâtés par la corruption du cœur.

Ils ne donnèrent point ce qu'on en pouvait attendre.

XVIIᵉ siècle. — Dryden (1631-1707). — Dryden, un des plus distingués qui parurent après le rétablissement des Stuarts, écrivit trop rapidement pour être achevé. Suivant Johnson, il est souvent plagiaire, toujours imitateur dans ce qu'il a de plaisant. Sa traduction en vers de Virgile est célèbre. Dryden traita beaucoup de sujets, acquit une grande réputation et mourut pourtant dans la misère. Il s'était fait catholique en 1688, à l'âge de 57 ans.

Otway (1651-1685). — Otway, dont Schiller a reproduit le *Don Carlos*, fut assez estimé pour ses tragédies. Mais son talent ne répond pas aux sujets qu'il traite, et son style est boursouflé.

(1) Blair, leç. XLVIIᵉ, *Cours de rhétorique et de belles-lettres.*

6**

FARQUHAR (1678-1707). — Farquhar est remarquable par sa gaîté, par son aisance, la finesse de ses dialogues, l'égalité de son style.

CONGRÈVE (1672-1729). — Congrève, esprit vif et ingénieux, manque de simplicité et de naturel. La seule pièce régulière du théâtre anglais fut écrite alors par Addison.

Le xviie siècle eut été stérile pour la littérature si un homme n'avait paru, comme la Providence en a ménagé de temps en temps aux nations, qui permit à sa patrie de montrer à l'Italie un rival du Dante et du Tasse.

Addison, plus célèbre comme critique que comme auteur dramatique, révéla à l'Angleterre qu'elle possédait une œuvre immortelle dans le poëme du *Paradis perdu,* composé par l'aveugle Milton.

Nourri de la doctrine des livres saints, habitué à lire Homère et les poëmes de l'Italie, Milton chercha un sujet d'épopée dans le récit biblique où Moïse nous rapporte la chute de l'homme. Quoi qu'en aient dit les sophistes du dix-huitième siècle, ce sujet était profondément épique, il intéressait vivement l'humanité, et quelques incrédules ne suffisent pas pour changer la nature du cœur humain.

Il est un fait certain pour tout penseur sensé et impartial, c'est que nous avons des idées d'un passé où nous étions plus simples et plus purs, que nous désirons un avenir où nous serons plus justes et plus glorieux. Il y a une tradition universelle que la réflexion d'une raison droite confirme : elle nous apprend que l'humanité est déchue par sa faute de sa splendeur première.

Milton a voulu raconter ce grand combat de l'âme contre les passions, combat d'où la nature humaine est sortie mutilée et vaincue. Pouvait-il emprunter une autre doctrine, pour former le tissu de son poëme, que celle de l'Eglise chrétienne? Evidemment non. Le poète anglais a donc raconté la chute d'Adam et d'Ève, et le châtiment infligé à notre race dont la mort prit alors possession.

« Muse céleste, chante la désobéissance du premier homme et le fruit de cet arbre défendu dont l'attouchement mortel apporta la mort dans le monde, causa notre malheur, et nous priva de l'Eden, jusqu'à ce qu'un homme plus grand nous relevât et reconquit le séjour bienheureux! » (1)

Le sujet était grand, mais il était nouveau, plein de difficultés.

Le poète n'avait que deux personnages humains, mais il a réussi merveilleusement à donner la vie à son poëme en mêlant à ces deux héros principaux pour nous, Dieu et ses anges, Satan et ses ministres, le ciel et l'enfer. La doctrine de l'Eglise chrétienne lui fournissait des éléments sublimes. Il en a tiré un parti admirable.

Il commit la faute de suivre dans un sujet si nouveau les traces de Virgile et du Tasse; il crut qu'il lui fallait nécessairement des batailles comme celles

---

(1)   Of Man's ferst desobedience, and the fruit
       Of that forbidden tree, whose mortale taste
       Brought death into the world, and all our woe,
       With loss of Eden, till one greater man
       Restore us, and regain the blissful seat,
       Sing, heavenly Muse!...
                           (*Paradis perdu*. Ier livre.)

qui se livrèrent sous les murs de Troie ou de Jérusalem. De là des anachronismes, des impossibilités choquantes. Cette même séduction exercée sur lui par les anciens lui fit mêler plusieurs fois les créations de la mythologie à ses personnages sacrés. Il emprunta d'un autre côté au pédantisme de son siècle le faux goût de mettre des bons mots dans la bouche de ses démons, et de faire étalage de son esprit métaphysique et de son érudition.

Quelques critiques anglais l'ont blâmé encore de s'être servi du vers blanc, qui dans la langue anglaise manque de cadence et d'harmonie. Mais pour nous, étrangers, qui ne pouvons saisir complétement toutes les nuances du rhythme anglais, cette faute, si on l'admet, a peu d'importance.

Ces légères taches sont rachetées par tant de beautés! Les acteurs du *Paradis perdu* sont les anges et les démons. Rien n'est-il plus naturel dans le monde où se passe l'action? Le merveilleux ici n'a rien de fictif. Nous sommes en plein surnaturel, dans une époque antérieure à la nôtre, dans un état bien au-dessus de notre état présent. Le fond du poëme est une histoire avérée pour beaucoup d'hommes encore, Dieu merci! La faute d'Adam nous touche les uns et les autres; elle a cet avantage d'être à la fois générale, commune à tous les hommes, et spéciale, particulière à chacun de nous.

Dans le poëme de Milton comme dans celui du Dante, nous naviguons au sein du merveilleux comme dans notre atmosphère. Je parle pour ceux qui ont la foi en Jésus-Christ notre Sauveur. Il faut être chrétien pour comprendre parfaitement cette haute poésie, comme il fallait être païen convaincu pour ne pas être choqué de la conduite que tiennent les divinités d'Homère.

Milton n'a pu dessiner beaucoup de caractères ; mais il tenait un pinceau de maître. Son Satan est regardé comme le plus admirablement tracé de ses personnages. On a même remarqué que le poète avait trop accentué la grandeur déchue de cette personnification terrible. En chantant dignement des sujets si élevés, Milton ne pouvait faire autrement que d'être sublime.

Son style est majestueux, varié, plein d'harmonie, malgré la mesure trop large et peu réglée du vers blanc. Sa versification cependant est rude en certains endroits, et l'on rencontre des vers prosaïques. La langue de Milton n'a pas la simplicité de celle d'Homère, elle est savante et quelquefois obscure. Milton n'aura jamais la popularité d'Homère.

En Angleterre même, bien qu'on l'admire autant, il est moins lu, moins connu que Shakespeare, qui revit chaque année sur le théâtre.

Milton donna en 1671 un second poëme, le *Paradis reconquis*, mais ce fut une chute. Milton, vieux et épuisé, mourut trois ans après. Il était aveugle quand il composait les pages sublimes qui ont fait sa gloire.

Il expiait dans la maladie et l'isolement les fautes de sa jeunesse et ses égarements politiques. Les travaux de Milton furent immenses. Il écrivit en prose et en latin de nombreux ouvrages qui n'auraient point suffi à le faire passer à la postérité. Un fanatisme furieux y respire. Milton, pour son malheur et pour sa honte, s'était fait l'apologiste des plus affreuses doctrines. Il célébra les grandeurs de Cromwell.

On oublie maintenant une partie de ses torts par égard pour son génie et pour sa vieillesse malheureuse.

Le *Paradis perdu* fut traduit plusieurs fois en français. Il existe une version, entre autres, de Louis Racine. Mais Delille a surpassé ses rivaux dans sa traduction en vers de ce poëme.

Avant que Racine fils eût l'inspiration de faire passer l'épopée anglaise dans notre langue, les deux nations avaient échangé déjà des notions littéraires.

Influence réciproque des littératures anglaise et française. — Le célèbre Addison, qui avait fait la renommée du *Paradis perdu*, eut dans les premières années du xviie siècle des relations avec Boileau. Fidèle à sa théorie, le critique français n'admire pas l'école anglaise. Il semble même avoir en vue le poëme de Milton dans cette attaque intempestive contre le merveilleux chrétien :

> « C'est donc bien vainement que nos auteurs déçus,
> Bannissant de leurs vers ces ornements reçus,
> Pensent faire agir Dieu, ses saints et ses prophètes
> Comme des dieux éclos du cerveau des poètes;
> Mettent à chaque pas le lecteur en enfer,
> N'offrent rien qu'Astaroth, Belzébuth, Lucifer.
> De la foi d'un chrétien les mystères terribles,
> D'ornements égayés ne sont point susceptibles;
> L'Evangile à l'esprit n'offre de tous côtés
> Que pénitence à faire et tourments mérités;
> Et de vos fictions le mélange coupable
> Même à ses vérités donne l'air de la fable. »

On se rappelle involontairement, à plusieurs de ces vers, que Boileau était l'ami du « grand Arnaud ». C'était pourtant aller un peu loin pour un fidèle catholique.

L'anglais Prior critiquait Boileau, et lui reprochait assez justement, ce nous semble, d'occuper les neuf muses à chanter que Louis n'a pas passé le Rhin. Malgré ces légères attaques, l'influence mutuelle des deux littératures fut considérable. L'*Art poétique* de Boileau lui-même fut traduit en anglais, et l'on peut dire que l'essai critique de Pope en est une imitation. Mais tandis que la société aristocratique prenait le goût de notre style noble et réglé, nos littérateurs retiraient plutôt la licence malsaine et le mauvais goût de la lecture de nos voisins.

Voltaire apporta chez nous les doctrines énervantes de Locke. Il fit connaître Shakespeare qu'il combattit vainement dans la suite. Nos poètes de théâtre, sans conception et sans imagination, furent heureux de s'appuyer sur l'étranger pour couvrir leur nullité. Pendant ce temps, l'Angleterre étudiait nos modèles ; elle retira du fruit de ce travail. Le dix-huitième siècle fut pour sa littérature une époque de splendeur.

XVIIIᵉ siècle. — Elle sortait de révolutions terribles qui avaient transformé son état politique ; elle dominait alors le monde par l'ascendant de sa puissance maritime. Le moment était favorable pour la culture des lettres. Il se leva toute une génération de poètes instruits et distingués qui, en se soumettant aux lois d'une poétique plus sévère, représentaient déjà quelques-uns des caractères de l'école contemporaine : le penchant à la rêverie, une teinte mélancolique, une inspiration moins profonde peut-être, mais plus lyrique, plus abandonnée, plus attendrissante.

POPE (1688-1744). — Un de ceux qui contribua le plus, avec Addison, à la réforme du goût national, fut Alexandre Pope, né en 1688, de parents catholiques. Ce n'est pas un poète original. Il se fit traducteur ou imitateur, et fut à peu près, avec moins de talent, ce que Boileau fut chez nous. Il débuta par son *Essai sur la critique*, où il expose son système littéraire. Il n'a atteint ni Horace ni Boileau, dans ce développement de son art poétique. Plusieurs autres productions accrurent sa renommée, mais ce qui acheva de la consolider, ce fut sa fameuse traduction de l'*Iliade*, qu'on regarde comme un chef-d'œuvre de versification.

Il cultiva ensuite la poésie philosophique et publia son « *Essai sur l'homme* » et diverses épîtres. La philosophie de Pope est loin d'être sûre, mais le poète reste fidèle à sa religion ; il mourut dans les sentiments d'un fervent catholique.

L'influence de Pope, qui fut considérable pendant son siècle, devint pernicieuse après avoir été salutaire. En même temps qu'il inspirait le goût de la régularité française, Pope mit à la mode la poésie didactique et descriptive que nous avons imitée nous-mêmes.

Ecole didactique. — Alors on vit paraître *l'Art d'écrire*, de John Sheffield (pseudonyme du duc de Buckingham) ; *l'Art du comédien* de Aaron Hill ; *la Chasse* de William Somerville, et une multitude d'ouvrages du même genre.

Ces productions n'étaient point originales ; les poètes se contentaient de peindre. A la diction élégante et pure du siècle de la reine Anne avait succédé l'abus du bel esprit. Le goût se relève avec Young, Thomson, Gray, Beattie.

Young (1681-1765). — Young, sans sortir des descriptions de la nature, découvrit de nouvelles perspectives. Ses *Pensées de la nuit* respirent une tristesse, une majesté saisissantes. Mais ces longues méditations sur la mort ont une odeur sépulcrale si continuelle qu'elle finit par fatiguer.

Gray (1716-1771). — Young est moins touchant que Gray dans son élégie à propos d'*un Cimetière de campagne*. Cette élégie a été traduite dans presque toutes les langues. M. de Fontanes en a fait une imitation bien connue, intitulée : *Le jour des Morts*. Ses autres élégies et ses odes ont moins de mérite et de réputation.

On cite toutefois son ode sur *le Printemps*, et les strophes qu'il fit à la vue du collége d'Eton :

« Heureuses collines, charmants bocages ! Champs que j'aimai en vain, où jadis mon enfance insouciante errait étrangère à la peine !

» Je sens les brises qui viennent de vous m'apporter un bonheur passager. Tandis qu'elles agitent fraîchement leur aile légère, elles semblent caresser mon âme appesantie, et, pleines de joie et de jeunesse, m'apporter un second printemps.

» Dis-moi, paternelle Tamise..... Quels sont maintenant les plus ardents à fendre, de leurs bras arrondis, ton onde cristalline ! Dis-moi, qui retient la linotte captive ? Quelle génération volage après nous précipice la course du cercle, ou lance la balle fugitive? » (1)

Thomson (1700-1731). — La poésie descriptive n'était point morte quand le talent de Gray commença à se dessiner. Le poëme de Thomson sur les *Saisons* est même considéré comme le chef-d'œuvre du genre. On sait que Saint-Lambert en fit en vers français une pâle imitation. Il contribua beaucoup à répandre en France le goût de la poésie descriptive que Delille poussa à la perfection dont ce genre bâtard était capable.

Mais, par une coïncidence singulière et pourtant naturelle, dans le même temps que les français se prenaient de passion pour les auteurs anglais, ceux-ci commençaient à ne plus suivre les traces de l'école française.

« Quand nous devînmes enthousiastes de nos voi-

(1)   Ah! happy hills! ah! pleasings hade!
Ah fields belov'd in vain!
Where once my careless childhood stray'd
A stranger yet to pain!
I feel the gales, that from you blow
A momentary bliss bestow;
As, wawing fresh their gladsome wing,
My weary, soul they seem to sooth,
And, redolent of joy and youth,
To breathe a second spring.

Say, father Tames............
....
Who foremost now deligth to cleave,
With pliant aruns thy glassy wave?
The captive linnet which enthrall?
What idle progeny succeed
To chasse the rolling circle's speed,
Or urge the flying ball?

sins, quand tout fut anglais en France : habits,
chiens, chevaux, jardins et livres, les Anglais, par
leur instinct de haine pour nous, devinrent anti-
français ; plus nous nous rapprochions d'eux, plus
ils s'éloignaient de nous.... La réaction à Londres
s'étendit à la littérature entière ; on attaqua l'école
française ; tantôt cherchant à reproduire le passé,
tantôt essayant des routes inconnues ; d'innovations
en innovations, on arriva à l'école moderne anglaise. » (1)

Cowper et l'écossais Burns furent des premiers à
nous abandonner. Mais comme si l'échange des opinions et des sentiments était aussi nécessaire entre
les nations européennes que les transactions commerciales, le courant ne fit que changer en Angleterre. Il passa de la France à l'Allemagne.

La presse périodique. — ADDISON (1672-1719).
— Ce nouveau mouvement ne pouvait que s'accroître
par les alliances guerrières et politiques de la Germanie et de la jalouse Albion contre la gloire de la
France.

Pendant le règne de l'école française, il s'était
élevé une nouvelle puissance qui devait causer un
grand trouble dans le domaine des lettres à notre
époque.

Les recueils politiques et littéraires avaient été
fondés par Steele et par Swift. Ils développaient
beaucoup le mouvement intellectuel, et ils étaient
destinés à le tuer. A cette époque ces recueils étaient

(1) Chateaubriand. *Essais sur la littér. anglaise.*

rédigés par des hommes qui travaillaient sérieuse-
ment.

Addison s'était immortalisé comme critique, et
avait fait oublier ses poésies en publiant le *Spectateur*.

Mais la presse périodique ne pouvait faire autrement que d'amener le goût des lectures quotidiennes
et faciles.

Il est probable qu'elle eut sa part dans les causes
qui firent abandonner la littérature classique.

Ecole romantique et contemporaine. —
WALTER SCOTT (1771-1832). — Le roman moderne
prenait possession de la mode ; Walter Scott acqué-
rait dans ce genre une renommée européenne. Walter
Scott a rimé des ballades et de petits romans. Il
n'était pas le seul à se livrer à ces poésies caressantes
et rêveuses, mais vagues comme le rêve et vides
comme lui. Dans le tumulte d'influences diverses,
celles de la presse, du roman, de l'école germanique,
la poésie devint elle-même romantique. Depuis
longtemps elle n'était plus assise sur les principes
solides du christianisme ; les philosophes avaient
semé le doute. De là ce dégoût de toutes choses qui
devait être le caractère principal des œuvres de Byron, et qui se manifestait déjà dans le *Task* de Cowper.

BEATTIE (1735-1803). — On peut regarder Cowper
et Beattie comme les précurseurs de Byron. Ce poète
semble avoir commencé par imiter quelques passages
du *Minstrel* de Beattie. Le *Minstrel* ou les *Progrès du
génie* fut une des plus belles œuvres de la fin du
dernier siècle. Elle présage l'avénement de l'âge où
Walter Scott, lord Byron et Thomas Moore rajeuni-

ront la poésie par des formes nouvelles. La grande
école classique de Pope n'est déjà qu'un vain nom.

BYRON (1788-1824). — Nous sommes arrivés aux
vers éclatants et sonores de l'école contemporaine.
Byron, son héros, a fait grand bruit au commencement de ce siècle. On a admiré jusqu'à sa monstrueuse composition de *Don Juan*. Byron fut un
homme extraordinaire ; on ne peut s'empêcher de
reconnaître qu'il fut grand poète ; mais on est forcé
d'avouer que souvent il touchait à l'absurde. Il a
voulu exagérer, travestir sa nature. Son caractère
n'étant plus naturel, sa poésie ne le fut que par sou-
bresauts.

Le poëme qui le fit connaître fut le *Pèlerinage de
Child-Harold*, qu'il publia par parties.

Sceptique et mécontent de lui-même, il se livrait
dans ses voyages à des débauches inimaginables.

Le dédain qu'on lui montra d'abord ne fit que l'ir-
riter. Il attaqua dans des satires violentes les littérateurs et les hommes d'Etat. Son orgueil s'accrut
encore de la réputation que lui fit son génie.

Il se moque des hommes et de l'humanité. Peu lui
importe ce qu'ils pensent ; du moins il voudrait le
faire croire. Les cris déchirants qu'il pousse, les
accents désespérés qui lui échappent donnent une
idée contraire. Telles furent les contradictions de
caractère de cet homme violent et fantasque. Mais il
plut à notre époque par ce qu'il avait de commun
avec elle, le doute et le dégoût de la morale, de la
religion et de la politique. Les esprits ennuyés se
retrouvaient en petit dans les portraits déguisés qu'il
faisait de lui-même. Quelques poètes, à son exemple,

7

gâtèrent leurs talents en parlant de toutes choses à propos de rien, en mêlant dans des fables au tissu fragile, la poésie et l'esprit, la débauche et la folie. Il y a certainement de belles pages au milieu de ces écarts de l'imagination et du cœur. Mais il faut se méfier des enthousiasmes de contemporains. Il est à croire que, comme la célébrité de Pope et de beaucoup d'autres, la renommée de Byron commencera à décroître. Il fut trop personnel, trop excentrique, trop admiré ou excusé dans ses défauts par un siècle qui était son complice, pour demeurer longtemps en possession de tant de gloire. Sa mort valut mieux que sa vie. Il s'était rendu en Grèce afin de se dévouer dans les combats de l'indépendance pour cette terre classique entre toutes. Une inflammation de poitrine l'emporta à l'âge de trente-sept ans. Il léguait ses mémoires à Thomas Moore, qui les a travestis par scrupule.

Irlande. — Thomas Moore (1780-1852). — Nous sommes heureux que ce nom sympathique d'un chantre de la verte Erin tombe le dernier sous notre plume. Si nous parlons de ce poète, qui appartient tout entier au xixᵉ siècle, ce n'est que pour donner un souvenir à l'Irlande, patrie des bardes autrefois, devenue maintenant une terre de désolation et de douleur que le génie de la poésie ne saurait visiter.

L'Irlande ne revit plus que par le souvenir, en gardant la tradition de son antique indépendance, en chantant les airs que les bardes d'Erin composaient pour les mâles combattants.

Thomas Moore s'est fait le chantre de l'Irlande. Poète et musicien, il a su prendre le ton grave et plaintif qui convenait au malheureux état de sa patrie.

C'est son amour pour la patrie, son désir de la voir revivre grande et libre qui fait la beauté de ses chants. Parfois son âme sourit à l'espoir de la liberté et il chante, mais au milieu de ses fiers accents retentit encore la note de la douleur :

« N'oubliez pas les champs où ils sont tombés, les derniers, les plus fidèles des braves ; ils ne sont plus, et notre espérance a péri sans retour avec eux.

» Oh! si nous pouvions reconquérir sur la mort ces cœurs qui bondissaient pour la patrie! S'ils se relevaient à la face du ciel, pour renouveler le combat de l'indépendance !

» En un instant serait brisée la chaîne que la tyrannie nous impose ; ni hommes, ni dieux, n'auraient le pouvoir de la renouer.

» C'en est fait, l'histoire gravera sur ses tables le nom de celui qui nous a vaincus ; mais maudite est sa renommée, maudit est son char de triomphe, qui roule sur les têtes des hommes libres.

» On aimera mieux la tombe, on aimera mieux le cachot illustré par un nom patriote que les trophées de ceux qui marchent à la gloire sur les ruines de la liberté ! »

C'est un grand titre à la reconnaissance d'une nation, dit M. Augustin Thierry, à qui nous empruntons la traduction de ce morceau (1), que d'avoir su chanter, en vers capables d'être populaires, sa liberté présente ou passée, ses droits garantis ou violés. Celui qui ferait pour la France ce que M. Moore a

(1) *Dix ans d'études historiques.*

fait pour l'Irlande, serait récompensé au-delà de ses peines par l'estime du public et par la conscience d'avoir rendu service à la plus sainte des causes.

.... Pourquoi ne ferions-nous pas une poésie nouvelle, inspirée par la liberté et consacrée à sa défense; une poésie non plus classique, mais nationale, qui ne serait pas la vaine imitation des génies qui ne sont plus, mais la peinture vivante des âmes et des pensées d'aujourd'hui, qui protesterait pour nous, se plaindrait avec nous, nous parlerait de la France et de sa destinée, du sort de nos aïeux et de nos fils? »

IV. POÉSIE ALLEMANDE

Période du moyen-âge. — Le Christianisme mit plus de temps à s'emparer des esprits, à façonner les mœurs dans les forêts de la Germanie que dans le reste de l'Europe occidentale. La Germanie était demeurée vierge du joug romain, ses dieux n'avaient point cédé la place à des dieux étrangers. Les barbares qui étaient restés sur la terre natale, quand leurs frères se dispersaient pour partager les lambeaux de l'Empire, tenaient à leurs coutumes, à leurs superstitions, à leurs autels.

On sait quelles guerres soutint Charlemagne pour vaincre l'obstination du duc saxon Witikind.

Ce fut sous les successeurs du grand empereur des Francs que la religion chrétienne commença à accomplir avec succès son œuvre de civilisation et de salut.

Jusque-là, les anciens bardes avaient chanté la

patrie, les dieux de leurs ancêtres, les combats ou les passions érotiques. Quand la fusion de l'esprit germanique et de l'esprit chrétien fut complète, on vit paraître des poëmes à formes nouvelles, comme il s'en composait dans le pays des Francs.

Minnesœengers et Meistersœengers. — C'est alors que fleurissent l'épopée nationale et le *Minnegesang*, c'est-à-dire les chants des *Minnesœengers* ou troubadours allemands (1), auxquels succèdent, dans le xive siècle, les Meistersœengers ou maîtres chanteurs. C'est à la période la plus brillante du moyen-âge sous le sceptre des empereurs.

Cette croissance forte et vigoureuse, mais peu réglée et de fruits imparfaits, diminua tout à coup. L'arbre resta stérile presque jusqu'à notre âge.

La renaissance qui remue tous les cœurs dans le monde, en Allemagne comme ailleurs, a pourtant peu d'influence sur la langue germanique. Cette langue n'est pas fille des idiomes classiques; elle a plus de peine à entreprendre, à soutenir l'imitation. Ceux qui la parlent ne s'imaginent point qu'un langage qui fut toujours barbare, et dont on ignore les origines, puisse acquérir cette régularité merveilleuse, cette harmonie enchanteresse qu'ils admirent dans la langue policée des Hellènes.

Il y a du reste entre l'Italie, ce pays natal de l'art moderne, et l'empire d'Allemagne, une haine invétérée qui sépare profondément les deux nations.

Au xvie siècle, quand la passion pour l'antiquité

(1) Le poëme chevaleresque du moyen-âge le plus célèbre en Allemagne est l'épopée nationale des *Niebelunger*, attribuée à Henri d'Ofterdingen (xiiie siècle.)

renaissante faisait idolâtrer les Grecs et les Latins aux
érudits de ce temps-là, Erasme et Ulrich de Hutten
ne trouvaient en visitant l'Italie que matière à railleries et à sarcasmes. Ils se sentaient déjà du voisinage de Luther.

LUTHER (1483-1546). — Cet homme, dit-on, créa
la langue de son pays. Cela est vrai ; mais il éloigna
pour jamais l'Allemagne de Rome et de l'Italie, foyer
des arts et de la vérité. Il empêcha pour longtemps
ses relations avec la France. Il l'isola du mouvement
des lettres. Il bouleversa les institutions et les idées
et tarit par son libre examen les sources de la vérité
religieuse, qui seule inspire noblement les beaux-
arts.

Aux guerres d'éloquence et de controverses succédèrent les guerres par le fer et le feu. L'Allemagne,
infestée par la religion nouvelle, se morcela en sou-
verainetés plus tyranniques et plus indépendantes,
au lieu d'aller à l'unité et à la liberté :

Si Luther créa ou plutôt se servit éloquemment de
l'instrument que lui fournissait l'idiome populaire,
il enleva tout moyen de le cultiver, de l'ennoblir. Il
détruisit jusqu'au goût et à l'idée du beau. Voilà ce
qu'a fait Luther. On ne s'occupa plus que de batailles
et de controverses. La guerre de trente ans fut un
des échos les plus retentissants de ces luttes épou-
vantables.

Période française. — Chose singulière! C'est
durant les péripéties mêlées de cette grande guerre
que l'amour des lettres ressuscita en Allemagne, et
c'est en France, où Richelieu n'avait cherché qu'à

abaisser l'Empire, où les ministres de Louis XIV suivaient fidèlement la politique de ce grand maître dans la conduite des Etats, c'est en France que l'Allemagne, battue et mutilée, vint demander le secret de bien penser et de bien dire. On se prit alors d'une telle passion pour notre littérature, qu'à la fin du xviiᵉ siècle et au commencement du xviiiᵉ, tous les beaux esprits d'Allemagne parlaient notre langue et se faisaient gloire de l'écrire. Ce temps comprend toute une période de la littérature allemande qu'on pourrait appeler à juste titre la période française.

Ceux-là même qui écrivaient en allemand se modelaient sur le génie français. Opitz, chef de la première école silésienne, surnommé le père de la poésie allemande, demandait ses règles et ses inspirations à nos poètes.

Opitz (1597-1639). — Admirateur de notre littérature, il avait conçu le projet de régler la langue de son pays, de l'enrichir des dépouilles étrangères, de travailler enfin à la rendre pure, claire, harmonieuse, capable de rivaliser avec les autres langues. Il ne réussit pas toujours dans cette œuvre difficile; son génie manquait de force et de profondeur, mais il conservait une noble simplicité que ses imitateurs eurent bientôt oubliée

La première école silésienne. — Au lieu de remonter le courant du mauvais goût, les poètes de ce temps semblaient se complaire dans le phébus et dans des allégories prétentieuses. Ils n'avaient retenu des préceptes et des exemples d'Opitz qu'un attachement exagéré à des règles étroites et forcées.

On avait beau créer des sociétés poétiques, la poésie n'en avançait pas davantage.

Seconde école silésienne. — Sous le prétexte, peut-être dans l'intention de corriger le mauvais goût, il se forma une *seconde école silésienne;* elle ne fit qu'accélérer les progrès du mal.

Hoffmann (1618-1679). — Hoffmann d'Hoffmanns-Waldau en fut le créateur. Loheinstein s'y distingua avec lui. Mais disciples et maîtres défiguraient la langue par l'introduction de mots étrangers, gâtaient le goût par un style vulgaire et boursouflé.

La littérature de l'Allemagne était dans le plus triste état, quand Haller, Bodmer et Breitinger se mirent à attaquer cette poésie guindée et sans élan. Ils donnèrent libre carrière à la fantaisie et à l'imagination, facultés toute-puissantes dans le génie allemand.

Thomasius, vers le même temps, introduisait l'usage de la langue allemande dans les universités. C'était lui donner des ailes.

XVIIIᵉ siècle. — Période de transition. — Haller (1708-1777). — Haller, un des hommes les plus étonnants de son siècle fut celui qui contribua le plus à vivifier la poésie nationale. Savant, romancier, historien, il trouva le temps, au milieu de ses travaux scientifiques, de composer des vers. Il a laissé en ce genre une belle œuvre : son poëme sur *les Alpes.* Il y décrit la nature et la vie des montagnes avec grandeur et magnificence.

Aidé de ses compatriotes Bodmer et Breitinger, il

déclara la guerre à l'école française. Ils n'assignaient aucune limite au génie, excepté la nature.

GOTSCHED (1700-1766). — Gotsched lutta avec ardeur contre ces tendances nouvelles. Il proclamait les avantages de l'imitation française pour former la littérature de son pays. Il ne sortit pas vainqueur de cette lutte. Les écrivains de génie qui commençaient à paraître préférèrent contempler les horizons inconnus qui s'ouvraient devant eux et voguer vers de nouveaux rivages.

Mais ces luttes littéraires ne furent pas sans utilité. Si le génie allemand repoussa le génie français, il ne laissa pas que de lui emprunter beaucoup. C'est à lui qu'il doit d'avoir réussi à donner quelque précision et quelque clarté au langage teutonique.

Au moment de leur plus grand éloignement de nous, on vit ses maîtres revenir quelquefois aux premières sources qui avaient alimenté leurs ancêtres.

Du vivant de Gotsched, la plupart des poètes se contentèrent d'imiter les nôtres.

HAGEDORN (1708-1054). — Frédéric de Hagedorn suivit les Français dans la fable et la poésie narrative. Il se distingua surtout dans la poésie légère, la chanson vive et alerte. On peut dire que la gaîté est originaire de France.

Ecole anacréontique. — Il fut surpassé dans sa légèreté licencieuse par l'école dite *anacréontique* où se firent remarquer Kleist, Uz et Jacob, qui vivaient tous groupés à Halberstadt, autour de Glein.

GELLERT, LICHTWER ET PFEFFEL. — D'autres auteurs de fables, Gellert, Lichtwer et Pfeffel prirent, comme Hagedorn, les routes tracées par La Fontaine, et s'appliquèrent à donner à leurs petites compositions le tour et les qualités de notre fabuliste.

Toutefois, il faut le reconnaître, l'avenir était à la nouvelle école. On poussa l'animosité contre l'ancienne jusqu'à nier tout mérite à nos plus grands génies. L'Allemagne se mit à dédaigner nos chefs-d'œuvre quand elle s'aperçut qu'elle en avait.

Période Germanique ou époque classique de l'Allemagne. (XVIIIᵉ SIÈCLE). — Ils furent nombreux, à cette époque glorieuse où resplendirent les Klopstock, les Wieland, les Lessing, les Herder, les Gœthe et les Schiller.

Les Allemands considèrent cette époque brillante comme celle de leur époque classique. Rien ne ressemble si peu à ce que nous entendons par là. Mais ces hommes furent les plus illustres maîtres de la poésie germanique. Si l'on ne doit pas admirer tout en eux, on ne saurait nier leur génie. Le caractère des peuples d'outre-Rhin est tout différent du nôtre. Ce bon sens, cette rectitude de jugement qui nous distingue malgré la vivacité, la légèreté de notre esprit, manquent complétement à nos voisins. On ne dit point le bon sens germanique comme on dit le bon sens français. L'Allemand aime le vague, le nuageux; il prend, en philosophie, l'obscurité pour de la profondeur; en poésie, le vaporeux, l'extrême licence pour le sublime et pour la liberté. La poésie allemande, pour être nationale, ne peut donc point ressembler à la nôtre. Nous descendons des Latins.

Notre littérature se rapproche de celle des Latins et de celle des Grecs, qui furent leurs maîtres. Il y avait autant d'erreur de la part des habitants d'outre-Rhin à vouloir toujours nous imiter, qu'il y en aurait de la nôtre à admirer leurs défauts, à copier leurs manières. Il n'y aura de théorie universelle, de poésie belle partout que la théorie et la poésie du bon sens et de la nature raisonnable. Quelles que soient les qualités des littératures qui s'en écartent, elles ne vivront que ce que vivent les préjugés et les nations. Cultivons donc la nôtre.

Il ne faudrait point croire, du reste, que ces défauts, qui tiennent à la nationalité, aux théories particulières, occupent toute la place dans les œuvres des poètes allemands. Ils n'y paraissent que par intervalles. Le fond des chefs-d'œuvre est le fond commun à l'humanité ; et, sous ce rapport, la poésie allemande de Gœthe et de Schiller mérite d'être connue et admirée comme celle de Shakespeare, à laquelle elle tient par plus d'un côté.

En délaissant notre littérature, l'Allemagne se porta comme par une nécessité instinctive vers l'étude de la littérature anglaise. Celle-ci partagea la domination avec les littératures de l'antiquité. Elle joua le même rôle qu'avait joué la nôtre à l'époque précédente. Mais le génie anglais ne s'était pas fait aussi entièrement grec et latin que le génie français. La race anglo-saxonne n'avait pas perdu toutes les traces de son origine teutonique ; l'imitation de sa littérature fut plus fructueuse pour l'Allemagne.

Ainsi, la poésie désormais puisa à deux grandes sources : la littérature antique et la littérature anglaise. Mais le principe général adopté par tous étant la plus entière liberté, sans autres bornes que la nature, malgré cette tendance commune, chacun suivit des directions différentes, suivant l'impulsion de son talent.

KLOPSTOCK (1724-1803). — Klopstock apparaît le premier dans ce ciel poétique. Né à Quidlembourg, le 2 juillet 1724, il conçut de bonne heure le projet de donner une épopée à sa patrie.

Il n'avait que vingt-trois ans quand il publia les trois premiers chants de sa *Messiade*. L'enthousiasme fut immense à cette apparition inattendue ; mais la critique ne fut pas moins acerbe. Klopstock se retira à la cour de Copenhague où il composa des odes et continua son épopée.

Le sujet de la *Messiade*, c'est la venue du Messie sur la terre, sa vie, sa mort et la diffusion de sa doctrine. La grandeur du sujet, la profondeur des pensées, l'égalité et la noblesse du style rendent cet ouvrage digne de la plus haute estime. Les Allemands l'égalent aux plus grandes productions de l'humanité, mais ses longueurs métaphysiques, qui sourient tant au génie de ses compatriotes, fatiguent l'esprit français.

Les odes de Klopstock nous trouvent plus sensibles que sa *Messiade*. Dans ses compositions lyriques, il a de la hardiesse, de l'enthousiasme, une riche imagination mise au service de sentiments profonds. La poésie de Klopstock, bien que protestante, était chrétienne.

WIELAND (1733-1781). — Celle de Wieland fut épicurienne. Il poussa si loin son dédain des croyances et des pratiques de la religion de ses pères, qu'il fut appelé le Voltaire allemand. Ce n'est pas un titre à notre admiration. Et en effet, au jugement de ses compatriotes eux-mêmes, il fut un esprit aussi léger, aussi superficiel que Voltaire. Il traita tous les genres, varia souvent dans ses opinions, montra une grande souplesse d'esprit, mais peu de solidité et point de profondeur. Son poëme le plus important est son *Obéron*, dont la versification facile lui attira beaucoup de lecteurs. Sa popularité fut pernicieuse. Caractère peu décidé, talent inférieur, chantre du plaisir et de la vie joyeuse, il détourna les esprits des tendances nobles et religieuses de Klopstock.

LESSING (1729-1781). — Plus sérieux, plus profond que Wieland, Lessing, son contemporain, n'eut pas plus de respect pour la religion établie. Il débuta par le théâtre où il eut tous les défauts allemands du genre. Son drame de *Nathan le Sage* est surtout célèbre. Tout bizarre et tout disproportionné qu'il soit, ce drame ne laisse pas que de produire de l'effet sur celui qui a le courage de le lire. Le but de cet ouvrage est immoral; l'auteur y attaque sans réserve toute religion révélée.

Ses fables ont ordinairement une fin plus honnête; elles sont devenues classiques parmi nous.

Lessing est du reste un grand écrivain en prose comme en vers. Son esprit s'était nourri de l'étude de l'antiquité classique. Il y puisa plus de bon sens que dans les systèmes des philosophes. Sa critique est sérieuse et réfléchie. Mgr Dupanloup range son *Laocoon* parmi les ouvrages de critique dont il conseille la lecture aux gens du monde. Cette critique

7*

saine, puisée aux sources, contribua puissamment à purifier le goût.

HERDER (1744-1803). — Klopstock et Lessing avaient cultivé le terrain avec soin et sagesse ; Herder mit après eux la dernière main à l'œuvre en traduisant avec génie les poëmes nationaux de diverses nations, entre lesquels le *Cid* espagnol, dont la versification est jugée admirable.

De grands esprits n'avaient plus qu'à paraître pour ramasser les gerbes ; les champs étaient en pleine floraison. La Providence en fit naître plusieurs.

GOETHE (1749-1832). — Le premier fut Johann Wolfgang von Gœthe. Il vint au monde le 28 août 1749, dans la ville de Francfort-sur-le-Mein. Son enfance fut maladive et sa jeunesse studieuse. Au milieu d'études diverses, il suivit son penchant pour la poésie et chanta ses affections et ses rêves dans des *lieds* devenus fameux.

Les *lieds* allemands, surtout ceux de Gœthe, ont vraiment un grand charme. Ce sont de toutes petites pièces, sans beaucoup de pensées, mais d'un rhythme dont l'harmonie surprend dans une telle langue. Ce sont des gouttes de rosée, des bulles de savon, de petits riens ; mais ces riens ont une grâce infinie. On ne retient de la lecture de ces chants, ni grandes idées, ni grandes émotions, mais une souriante image flotte un instant devant les yeux. C'est un charme qui s'évanouit, mais le charme a subsisté. Le poète a répandu sa mélodie, le poète est content ; car, comme dit Gœthe dans sa douce ballade du *Chanteur*, le poète « chante comme chante

l'oiseau qui demeure sur la branche : le chant que
son gosier module est sa plus riche récompense. »

« Ich singe, wie der Vogel singt,
Der in dem Zweiger wohnet;
Das Lied, das aus der kehle dringt,
Ist Lohn, der reichlich lohnet... »

Gœthe publiait en même temps son *Werther*, roman
plein de mélancolie et de passion, d'une lecture atta-
chante, mais des plus dangereux et des plus immo-
raux. C'est la glorification du suicide; Gœthe était
comme son héros, il ne croyait à rien, ni à la vertu,
ni à la doctrine. Le vide de son âme était complet.
Il essayait de la remplir de théories, de science,
d'abstractions. Pour se tromper sur le fond de la vie
autant que pour satisfaire sa curiosité et sa passion
de gloire, il composait des ouvrages scientifiques en
même temps qu'il chantait ses lieds ou composait ses
drames. L'étude ne suffit point à donner la vérité et
le repos. Gœthe le comprit lui-même sans vouloir en
rechercher la cause. Comment expliquer autrement
cette composition monstrueuse du *Faust* qui l'occupa
toute sa vie?

Cette espèce de poëme dramatique est l'image parfaite du désordre qui régnait dans l'âme de Gœthe.
On a voulu y voir son chef-d'œuvre; j'ai peine à comprendre un tel jugement. *Faust* me semble plutôt une
ridicule fantasmagorie. L'idée en est fausse, le plan
absurde et le héros méprisable. On peut pardonner
aux auteurs du moyen-âge d'avoir ignoré les règles
du goût; comment peut-on excuser Gœthe pour les
avoir méprisées? Quelques scènes touchantes, quelques tableaux pleins de lumière ne suffisent pas à

racheter les folies, les incohérences du reste. La Germanie, par ses philosophes et par ses poètes, a pénétré dans notre pays au commencement de ce siècle. Elle s'est glissée dans notre littérature et notre philosophie. Nous ne nous sommes point contentés d'admirer les qualités de ses grands hommes, nous avons idéalisé leurs défauts ; peu à peu ils sont devenus des types à nos yeux. On dit, il est vrai, que le *Faust*, c'est l'homme du doute aux prises avec l'esprit des ténèbres. Oui, mais la vérité n'est pas là pour répandre la lumière au milieu de la nuit. Ne pouvait-on d'ailleurs combattre le doute sous une autre forme?

Eh quoi! fallait-il pour en montrer l'inanité, ne respecter aucune loi du bon sens ou du bon goût? Il est difficile de le supposer; il est difficile d'admettre que *Faust* ait ajouté à la gloire de Gœthe. Si elle n'eût été établie, il est peu probable que *Faust* eût causé tant d'émoi. Mais le génie poétique de Gœthe était assis déjà sur une base inébranlable. Ses poésies lyriques respirent une grâce merveilleuse, une chaleur vivifiante; son petit poëme d'*Hermann et Dorothée* dépeint avec intérêt et mouvement les événements de son temps et les souffrances des émigrés. Gœthe enfin avait eu l'instinct de trouver la voie qui convenait pour la poésie dramatique à ses compatriotes. Il a créé le théâtre allemand, et, en le créant, il l'établit sur un piédestal éminent.

Théâtre allemand. — En fait d'art dramatique, « l'Allemagne en 1720 en était à peu près au même point que la France au temps de Jodelle. On avait bien traduit quelques tragédies de Sénèque; on avait transporté en Allemagne le *Cid* et plusieurs pièces françaises ; mais il n'y avait point de théâtre, point d'auteurs dramatiques. Au milieu des succès de tous les peuples voisins, on n'était point dans la barbarie du quinzième siècle, il y avait du savoir, mais une complète stérilité. Ce fut en 1727 qu'un théâtre régulier s'établit pour la première fois à Leipzig. Gottsched y fit représenter une foule de tragédies traduites du français, à commencer par le *Régulus* de Pradon. C'est cette lourde imitation, ce sont ces mauvaises traductions d'un théâtre étranger aux mœurs allemandes, qui excitèrent un juste soulèvement, et qui firent place à l'admiration exclusive de Shakespeare et à la tragédie bourgeoise. » (1)

C'est assez dire qu'il ne faut pas s'attendre à trouver dans les pièces allemandes cette simplicité, cette observation des trois unités qui caractérisent notre théâtre classique. Gœthe se déclare l'ennemi de tout ce qui arrête le génie individuel. Il porta loin ce principe, comme on l'a vu pour *Faust*. Son *Gœtz de Berlichingen*, qui parut en 1773, fut admiré de toute l'Allemagne. Cette tragédie historique était fort au-dessous des tragédies de l'antiquité, mais Gœthe étudia les Grecs, il voyagea en Italie, et plusieurs de ses pièces, comme *Iphigénie en Aulide* et *Torquato Tasso* se ressentent de cette double influence. Sa conception est devenue plus nette, son plan mieux proportionné, sa forme plus élégante. Gœthe n'était pas d'une nature à ne retirer que le bien de ses travaux et de ses études. Il rapporta d'Italie, avec un art plus délicat,

---

(1) De Barante. *Etude sur Schiller*, en tête de la traduction de ses œuvres.

une mollesse coupable dont il n'eut plus la pudeur de céler les hontes.

L'Allemagne présentait à la fin du xviiiᵉ siècle un beau spectacle : Klopstock, Wieland vivaient encore, quoique moins célébrés.

GESSNER (1730-1788). — Gessner avait composé ses idylles et son beau poême sur la *Mort d'Abel.* Ses drames avaient de la valeur, même après ceux de Gœthe.

École de Gœttingue. — En 1772, plusieurs jeunes gens s'unirent dans le but de cultiver la vertu et la poésie. Il y avait environ trente ans que l'université de Gœttingue avait été fondée par Frédéric de Prusse, 1ᵉʳ du nom. Elle donna son nom à cette nouvelle école de poètes.

Voss était l'âme de ce cercle. Il était plein d'un enthousiasme généreux •pour l'antiquité classique, dont il savait interpréter les œuvres, et il fit partager son enthousiasme à ses amis.

C'étaient Auguste Buerger, auteur de ballades et de romances vigoureuses et animées ; Mathias Claudius, doué de ces mêmes qualités qui rendent un poète populaire, et qui, comme tous ses amis, aimait d'un sincère amour la liberté, la vertu, la patrie ; Christophe Hœlty, dont les chants, odes et ballades sont empreints d'une mélodie douce et tendre ; Guenther Gœckingk, moins lyrique, moins élégiaque, mais non moins noble et simple dans ses épîtres, plus mordant dans ses épigrammes ; enfin les deux comtes de Stolberg et surtout Léopold.

Léopold de Stolberg (1750-1819). — Ce dernier, le plus distingué des deux assurément, nous est cher encore à un autre titre. A force d'amour pour la vertu, la religion, à force de désirer connaître la vérité, il eut le bonheur de la trouver dans le sein de l'Eglise catholique. Il nous a fait part lui-même de ses impressions. Après avoir chanté la patrie, traduit l'*Iliade* et les œuvres d'Eschyle, il sut travailler à la gloire de sa religion nouvelle et redire avec science et amour les vertus, les miracles, la grandeur simple et divine du Sauveur Jésus-Christ. Ce souffle d'enthousiasme, qu'inspirent les convictions profondes et la pratique de la vertu, règne à un haut degré dans les lieds du comte Léopold de Stolberg. Son patriotisme éclate partout, il le fait passer jusque dans l'âme des enfants.

   « Mon bras est fort et grand est mon courage,
Dit un (enfant à son père).

> Donne-moi une épée, mon père!
> Ne méprise pas la jeunesse de mon sang,
> J'ai la valeur de mes ancêtres!
>
> Je ne puis goûter aucun repos
> Dans la molle condition de mon âge;
> J'affronterai fièrement, comme toi, mon père,
> La mort pour la patrie!
>
> Déjà, dès mon enfance,
> Ce fut mon jeu quotidien que la guerre!
> Dans mon lit je ne rêvais que dangers
> Blessures et batailles!........ »

. . . .

> « Mein arm ist stark und gross mein Muth!
> Gib, vater, mir ein schwert!
> Verachte nicht mein junges Blut;
> Ich bin der väter verth!

Ich finde fürder keine Ruh!
Im weichen knabenstand!
Ich stürb! o vater, stolz wie du
Den tod fürs vaterland!

Schon früh in meiner kindheit war
Mein täglich spiel der krieg!
Im bette träunt'ich nur gefahr,
Und wunden nur und sieg..... »

C'était l'expression mêlée de grâce et de vigueur de ce saint amour de la patrie qui faisait battre le cœur du noble comte de Stolberg.

FRÉDÉRIC SCHEGEL (1772-1829). — Le comte Léopold ne fut pas le seul qu'attira la lumière du catholicisme. Frédéric Schegel aussi fut touché par la grâce et écrivit pour la gloire de l'Eglise. Poète, historien, philologue distingué autant qu'habile critique, Frédéric Schegel, non plus que son frère, n'appartient pas précisément au xviiiᵉ siècle. Il mourut seulement en 1829.

Il avait été collaborateur de Schiller, et avait, comme lui, recherché les faveurs du public sur le théâtre que Gœthe dirigeait à Weimar. Mais s'il fut supérieur à Schiller comme critique et comme érudit, il ne pouvait le balancer comme auteur dramatique.

SCHILLER (1759-1805). — Schiller est le seul rival de Gœthe sur la scène. D'un esprit moins étendu, moins varié, il s'attacha plus exclusivement au théâtre. Il y réussit au moins à l'égal de Gœthe. Sa pièce de *Guillaume Tell* est assurément le chef-d'œuvre de la scène allemande. Toujours élevé sans perdre la simplicité qui convient à la rudesse naïve de ses héros, il emprunte sa grandeur aux lieux où se passe l'action, à la noblesse de l'entreprise, qui est de venger la liberté.

Si pourtant l'on comprend et l'on excuse, à cause de la pureté des intentions, le crime patriotique attribué à Tell, il est difficile de glorifier un tel acte dans un drame sans avoir l'air d'admettre le faux principe de l'assassinat politique. Schiller sans doute l'a senti, car, lorsque le dénouement est connu, il est pris du désir de faire connaître son opinion, de moraliser sa pièce, en ajoutant une scène qui offre un bel épisode, mais qui nous semble un hors-d'œuvre au point de vue de l'art dramatique. Par la pureté du style, la fraîcheur majestueuse du coloris, la vérité des tableaux — si l'on veut lui pardonner cette complication d'actions subordonnées qui nécessite plus de lieux, plus de temps qu'une seule et indivisible action — la tragédie de *Guillaume Tell* peut être regardée comme classique parmi nous. Elle n'est point de nature à fausser le goût, et elle inspire de nobles sentiments ; elle ravit par la richesse de cette poésie de la nature qui s'élève des montagnes.

Malgré de grandes qualités, Schiller avait été moins sublime dans ses autres drames. Dans *Jeanne d'Arc* et dans *Marie Stuart*, il ne respecta pas assez la vérité historique qu'il avait pourtant saisie avec vivacité dans sa tragédie de *Wallenstein*, vaste composition divisée en trois parties, comme les trilogies grecques, où il résume les événements de la guerre de trente ans et que plusieurs critiques mettent au-dessus de ses autres pièces. Le drame par lequel il avait débuté, les *Brigands*, était une œuvre scandaleuse. Jeune homme encore, rêveur sceptique et dégoûté de la vie,

Schiller osait enseigner qu'un rassemblement de brigands résumait la société, et qu'il valait mieux qu'elle. Ce drame fit une sensation profonde; il commença la réputation de Schiller, mais lui causa beaucoup de déboires. Schiller fut longtemps malheureux. La disposition rêveuse et mélancolique de son esprit fut aidée par sa vie aventureuse et pauvre. La maladie vint encore l'accroître. On voit facilement la trace de ses souffrances dans ses poésies diverses, ses ballades, ses compositions lyriques aussi belles que celles de Gœthe, quand elles ne sont pas obscures. Qui ne connaît les fameuses ballades de *Rodolphe de Hapsbourg*, des *Grues d'Ibycus* et du *Plongeur*? Qui ne s'est laissé entraîner par le lyrisme de son poëme sur *la Cloche*? La douleur avait rendu Schiller plus réfléchi; sa philosophie devint plus saine dans son âge mûr.

La Convention, sans le connaître beaucoup, lui donna le titre de citoyen français; il n'en aimait pas plus la France. Après avoir admiré la Révolution, il l'avait prise en horreur comme beaucoup d'esprits désabusés.

Il mourut en 1805, et n'eut pas la douleur de voir les armées françaises envahir sa patrie. Gœthe assista à ce spectacle, mais il eut la consolation d'entendre ces chants mâles et patriotiques que fit retentir alors dans toute l'Allemagne une nouvelle génération de poètes.

XIXe siècle. — Guerre de l'indépendance. Conclusion. — La guerre de l'indépendance réveilla les esprits. Les poètes s'exaltèrent au tableau de la patrie humiliée et vaincue; ils prirent la plume souvent avec l'épée; leurs chants enflammèrent les courages ; l'Allemagne leur dut la plus grande part de son salut.

On ne peut s'empêcher de proclamer heureuse la nation dont l'amour a produit des chanteurs ardents et dévoués comme Arndt, Théodore Kœrner et Frédéric Schulze.

Plusieurs de ces poètes de la guerre ont vécu jusqu'à nos jours. Ils paraissent avoir épuisé la sève poétique de l'Allemagne.

Dans ce pays comme chez nous, comme partout en Europe, les lyres sont muettes ou ne rendent que des sons affaiblis. Les intérêts matériels dominent au point d'étouffer les purs sentiments de l'âme.

La seule littérature qui règne sur les esprits, c'est la prose dégradée du journal et du roman.

Le Bas-Empire n'a jamais introduit un tel désordre dans la langue qu'il tenait des contemporains de Périclès. On ne voit pas de quelle manière la poésie se relèvera de cette ruine.

TABLE DES MATIÈRES

DEUXIÈME PARTIE

POÉSIE GRECQUE

I. Age de formation

Poésie élégiaque et satirique

II. Age d'or de la Poésie grecque

Poésie lyrique

Les Romans

TROISIÈME PARTIE

POÉSIE LATINE

I. Commencement de la Poésie latine

La tragédie grecque à Rome

Comédie

II. Siècle d'Auguste

III. Décadence

QUATRIÈME PARTIE

POÉSIE FRANÇAISE

I. Moyen-âge

CINQUIÈME PARTIE

POÉSIE ÉTRANGÈRE

I. Poésie italienne

BOURGES, IMPRIMERIE ET LITHOGRAPHIE A. JOLLET.

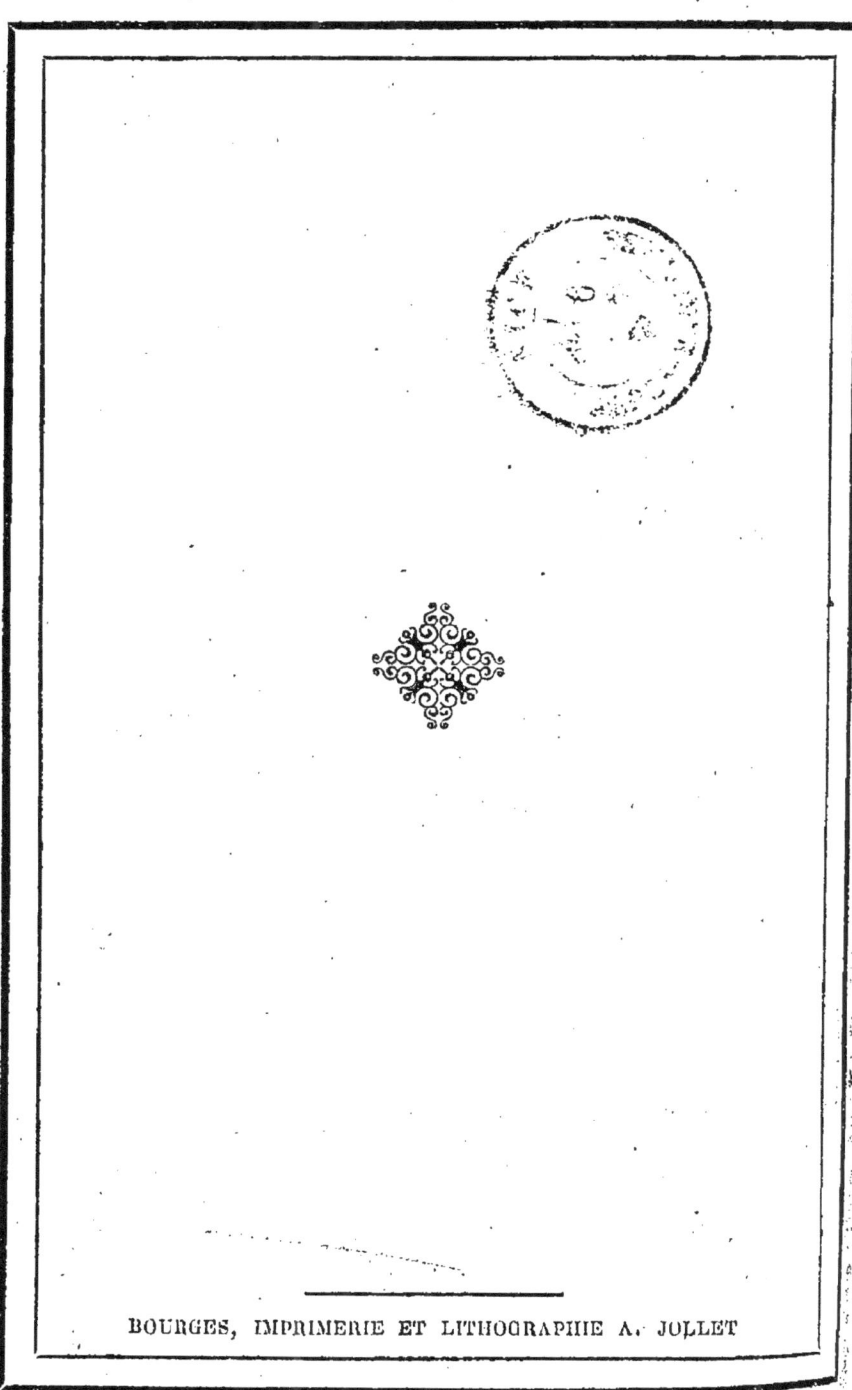

BOURGES, IMPRIMERIE ET LITHOGRAPHIE A. JOLLET

www.ingramcontent.com/pod-product-compliance
Lightning Source LLC
Chambersburg PA
CBHW070509030726
47503CB00004B/1211